丸の内で就職したら、幽霊物件担当でした。14

竹村優希

角川文庫
23737

Contents

丸の内で就職したら、幽霊物件担当でした。

吉《よし》原《はら》不動産

東京・丸の内に本社がある、財閥系不動産会社。
オフィスビル、商業施設の建設・運用から
一般向け賃貸まで、扱うジャンルは多岐にわたる。

新《しん》垣《がき》 澪《みお》

幽霊が視え、引き寄せやすい体質。
鈍感力が高く、根性もある。
第六リサーチで次郎の下で働く。

長《なが》崎《さき》次《じ》郎《ろう》

吉原グループの御曹司。
現在は第六リサーチの副社長。
頭脳明晰で辛辣だが、
優しいところも。

株式会社第六リサーチ

丸の内のはずれにある吉原不動産の子会社。
第六物件管理部が請け負っていた、
「訳アリ物件」の調査を主たる業務としている。

マメ
幽霊犬。飼い主を慕い成仏出来ずにいたが、澪に救われ、懐く。
溝《みぞ》口《ぐち》 晃《こう》
超優秀なSE。本社と第六リサーチの仕事を兼務している。霊感ゼロの心霊マニア。
高《たか》木《ぎ》正《まさ》文《ふみ》
本社の第一物件管理部主任。次郎の幼なじみ。容姿端麗、紳士的なエリートで霊感が強いが、幽霊は苦手。
伊《い》原《はら》 充《みつる》
第六リサーチに案件を持ち込んでくる軽いノリの謎多きエージェント。
リアム・ウェズリー
英国の世界的ホテルチェーンの御曹司。完璧な美貌のスーパーセレブだが少々変わり者。第六リサーチにときどき出入りしている。

イラスト/カズアキ

「嘘でしょ？　ゴブリンなんかで死なれたら、テストにならないんだけど」

　ようやく春の気配が漂いはじめた四月。

　第六のオフィスにて、澪《みお》は携帯の画面に真剣に向き合っていた。

　そこに表示されているのは、澪が操作する賢者のキャラクターと、小人のようなモンスター。

　これは、晃《こう》の後輩が開発に携わったというソーシャルゲームのバトル画面であり、晃はリリース前のテストプレイに協力しているらしい。

「ね、ねえ、このゴブリンってモンスター、強すぎない？」

「ゴブリンと言えば、もはやザコの代名詞だよ。ザコの中のザコ。圧倒的ザコ」

「でも、何回も攻撃してるのに倒せないから……」

「いや、何度も言ってるけど、賢者なんだから魔法使ってよ。杖《つえ》で殴り続けて倒せるわけないじゃん」

「そう言うけど、魔法の種類が多すぎるし、名前もややこしいし、どれを使えばいいかわかんないんだもの……！」

「それは澪ちゃんがチュートリアルを全スキップするから」

「ああっ！」

「あーあ。臨終」

賢者が倒れて画面が暗転すると、晃は澪の手から携帯を抜き取り、コンティニューを選択する。

そして、ふたたび現れたゴブリンを十秒足らずで倒し、澪に携帯を返した。

「はい、続きどうぞ」

「もういい。私、ゲーム向いてない」

「それはわかってるんだけど、このプレイデータを送ったら後輩がどんな顔するか、想像しただけでうけるなって」

「……私で遊ばないで」

携帯を押し返すと、晃はいたずらっぽく笑う。

ただ、文句を言いながらも今の澪に、——立て続けに迫る危機をなんとか乗り越え続けてきた澪にとって、このなにげない会話は特別だった。

思えば、沙良《さら》が命の危険に晒《さら》されるという大事件が無事に解決してから、はや一ヶ月が経とうとしている。

常に強い緊張と焦燥感に駆られていた日々はやや落ち着き、澪の日常には、こうして昼下がりを笑いながら過ごせるくらいの余裕が戻った。

もちろん、根本的な問題はなにひとつ解決していないけれど、それでも、あの極限の状態の中で誰にも被害が出なかったことは、十分な成果と言える。

さらに、散々占い師に振り回され続ける中で明確になったのが、占い師から仁明《にんみょう》の体を取り戻さねばならないという、新たな目的。

というのは、まさに沙良の件で奔走しているときに、元禄《げんろく》地震の慰霊碑の裏で発見した廃寺にて、澪は図らずも仁明の残留思念を覗《のぞ》き、その中で衝撃の事実を知った。

それは、仁明が身を隠していた廃寺に占い師が現れ、恨みを晴らすための協力を打診してくるという、二人の出会いに関わる記憶の一部だった。

その後、玲奈《れいな》のサイコメトリーによって、占い師は協力するどころか仁明を騙《だま》し、仁明の魂を、伊東《いとう》夫妻さながら道具として利用しているらしいという、恐ろしい可能性も浮上している。

ともかく、現在の占い師の規格外の能力に仁明の力が大きく影響していることは、ほぼ確実となった。

そこで重要になってくるのが、誰かの魂を利用するためには、当人の体も近くで管理する必要があるという次郎《じろう》の説。

つまり、仁明の体は現在占い師の管理下にある可能性が高く、それさえ奪うことができたなら、占い師の能力を大きく削ることができ、対抗する余地が生まれるという話だった。

ただ、ようやく目的がハッキリしたところで、占い師の居場所がまったくわからない以上、澪たちにやれることはほとんどない。

つい溜《た》め息を零《こぼ》すと、晃が小さく瞳《ひとみ》を揺らした。

「もしかして、また考え込んでる？」

「ごめん、つい。なにもできなくて、もどかしいなって」

「気持ちはわかるけどね。でも、近々全員集合して会議するんでしょ？　それまでは少しくらい気を抜いたら？」

晃が言う通り、占い師の居場所を捜索する件について、近々、事情を知る全員で打ち合わせを行う予定になっている。

本来ならばもっと早くに決行する予定だったけれど、年度始めの関係で高木《たかぎ》がずいぶん多忙らしく、すでに二度も延期になった。

「そうしたいけど、そんなに器用に頭を切り替えられなくて。なにもできない時間が続くと、つい考えちゃう」

「まぁ、澪ちゃんらしいけどね。澪ちゃんってまさに、さっきの賢者の動きと一緒だから」

「……なんか、悪口を言われる予感がする」

「勝算があろうがなかろうが、たとえ相手のダメージがゼロだろうが、ひたすら動いて攻撃し続けるところとか」

「やっぱり」

がっくりと肩を落とす澪に、晃は声を出して笑う。

「まあまあ。ただ、ゲームはともかく、現実世界ではそういう澪ちゃんに皆が引っ張られてるわけだし」

「……無理やりフォローしなくていいから」

「いや、本当に。なんていうんだろう、こういうの。……こう、心をぐっと突き動かされる感じ」

「いいってば」

「カリスマ性？」

「もう！」

しつこくからかう晃に、ついには澪も笑う。

上手《うま》く転がされているとわかっているけれど、この穏やかな時間に身を委《ゆだ》ねる心地よさを、拒絶することなどできなかった。

むしろ、こういう時間がなければ、数々の怖ろしい事実と向き合うための精神力が、あっという間に尽きてしまう。

生きた人間の魂を道具として利用する占い師の残酷さは、澪にとってそれくらい信じがたく、理解し難い所業だった。

占い師のことを考えるたび、沙良の別荘で聞いたどこか無邪気な声が頭に蘇《よみがえ》り、心の中がみるみる恐怖でいっぱいになる。

そして、そんな思いをしてもなお澪の心を駆り立てているのは、単純な正義感ではなく、言わば強迫観念だった。

というのは、澪の脳裏には今もまだ、西新宿《にししんじゅく》のビルで意識を失ったときに見た、木偶《でく》人形と化した次郎の幻覚が鮮明に張りついていた。

ただでさえ能力の高い占い師に、このまま仁明の能力まで持たせていれば、いずれあれが現実になりかねないという不安が、今もずっと付き纏《まと》っている。

だから、澪には進み続ける以外の選択肢などない。

自分にやれることが、攻撃力のない杖を振り回すに過ぎない悪あがきだったとしても。

第一章

「――生きた人間の魂を利用する心理、ですか」

「はい。まったくわからないから、余計に怖いのかなって。なので、少しでも理解できればと……」

「なるほど。しかし、澪さんには永遠にわからないと思います」

退勤後、エレベーターで東海林《しょうじ》とばったり会った澪は、思わず不安を吐露した。

東海林はそんな澪を自分の部屋へと招いてくれ、交わしたのが先の会話。

ほぼ予想通りではあったけれど、想定した以上にあっさりと結論が出てしまい、澪は思わず口を噤《つぐ》んだ。

そんな澪に、東海林は困ったように微笑む。

「わからない方が正常ですし、理解する必要なんてありませんよ」

「……私も、共感したいとか、ましてや寄り添いたいなんて思ってるわけじゃないんです。ただ、あまりに得体が知れないので、落ち着かないというか」

「よくわかります。ただ、残念なことに、占い師のような類《たぐい》の人間は少なくありません。霊能力とは、利用の仕方によっては金儲《かねもう》けの手段になり得ますから。現に、かつての仁明も生業《なりわい》としていたわけですし」

「……そう、ですよね」

「ええ。人とは弱く、脆《もろ》く、誰しもが多くの不安を抱え、それらを飼い慣らしながら生きています。悪い人間ならば、そこにつけ込むくらい造作もないことでしょう」

澪はその話を聞きながら、これまでにたくさんの霊たちと交流する中で痛い程知ることになった、人の弱さや脆さを思い返していた。

中には、苦しみから解放されたいと願った末に、自ら命を絶った者も多く存在した。

そんな悲しい結末を選ぶ程追い詰められた人間が、もしすべてを解消する方法があると打診されようものなら、――それがたとえ霊能力という得体の知れないものだったとしても、魅力的に感じるかもしれない。

ただし、頼る相手を間違えてしまったときの代償として、もっとも悲惨な末路を、まさに伊東夫妻や仁明が体現している。

「結果、自分が道具になってしまうなんて。……正直、仁明のことは自業自得だと思ってますけど、それでもやっぱり占い師が怖すぎます……。そんなことを平気でやってしまう人間がいるって考えただけで、私……」

不安から、語尾が弱々しく萎《しぼ》んだ。

そんな澪に、東海林は深く頷《うなず》く。

「確かに怖ろしいですね。……ただ、ひとつ言い切れるのは、当の占い師はいわゆる悪徳な霊能力者たちとは一線を画す、かなり特殊な存在であるということです。能力の高さはもちろんですが、備え持つ感覚が普通ではありません。私も長く生きてきましたが、わざわざ生きた人間の魂を、——いわゆる生き霊を利用する霊能力者など、他に知りませんから」

「わざわざ……？　生き霊を使うのが難しいって意味ですか……？」

「もちろん、それもあります。なにせ、澪さんもご存じの通り、そもそも生き霊が視える者自体が少ないので。そして、これ以降は言葉を選ばずに言わせていただきますが、呪いの道具として生き霊を扱うのは、とても面倒なことなのです。地縛霊の無念を利用するのとは訳が違い、なにより、近くで体を管理しておかなければなりません。普通はそれだけでも大ごとでしょう」

　そうやって改めて説明されると、生き霊を使うという行為がなおさら異常に思えてならなかった。

　同時に、ふと小さな疑問が浮かぶ。

「確かに、体を管理しなきゃいけないっていうのは、大変だと思いました。……でも、だったらどうしてわざわざ生き霊の状態で利用するんでしょうか。仁明は占い師と会った時点ですでに瀕死《ひんし》のようでしたし、占い師の残酷さを考えたら、いっそ殺してしまいそうなものなのに」

　わざわざ面倒な方を選んだ理由が、澪には理解できなかった。すると、東海林はどこか言い難《にく》そうに瞳を揺らす。

「……単純です。地縛霊になってしまえば、生前の能力を使うことはできませんから。つまり、殺してしまった場合は、占い師が欲する道具として成り立たなくなるということでは……」

途端に、背筋がゾッと冷えた。

東海林が口にした推測が、占い師にとって人の命がいかに軽いかを、如実に表していたからだ。

ただ、そうだとすれば、今度は別の疑問が浮上する。

「でも、伊東夫妻は一般人でしょう……？　同じく生き霊を利用されていますけど、そもそも占い師に依頼した側の人間ですし、特殊な能力はないはずです。つまり、占い師にとってはメリットがないんじゃ……」

仁明の件をふまえて澪が矛盾を感じたのは、占い師が伊東夫妻の生き霊を使い続ける理由。

すると、東海林はわずかな沈黙の後、ゆっくりと口を開いた。

「これはあくまで私の予想ですが、まずもって、占い師の使う手段はどれも、我々の常識から大きく逸脱したものばかりです。……つまり、占い師は自ら実験を重ね、独自の術や呪いを新たに生み出しているのではないかと考えています」

「実験……？」

その怖ろしい響きに、澪の指先が小さく震えはじめる。

東海林は神妙な面持ちで頷き、さらに言葉を続けた。

「ええ。誰もが考えつかなかった、たとえ考えついたとしても倫理的に実行できなかったような方法を、躊躇《ためら》いもなく試し続けているのではないかと」

「それって、つまり……、伊東夫妻は実験台ってこと、ですか……？」

「そう考えるのが自然です。先日、長崎《ながさき》くんも似たようなことを話していましたが、占い師が使っている木偶人形も、おそらくそれらの成功によって派生した術のひとつなのでしょう。なにせ、傀儡《かいらい》を使う呪いはいくつかあれど、占い師の木偶人形はあまりにも精巧かつ、強力ですから」

「…………」

衝撃的な内容に、澪は言葉を失う。

そして、――確かに自分には占い師の心理を理解するなんて到底無理そうだと、最初に言われた東海林の言葉を痛感していた。

「そんなの、もう常軌を逸しているじゃないですか……」

「ええ、なにせ、あの仁明に対して、代理で恨みを晴らしてやると提案するくらいですから。自らには晴らすべき恨みや目的はなく、単純に霊能力の、――主に、呪いに関する自らの進化に心酔しているような印象を受けます。だとすれば正真正銘常軌を逸していますし、もはやこちらが測れる相手ではありません。もちろん会話も通じないでしょうから、我々は下手に深追いするよりも、ただ占い師から仁明の能力を剝《は》がし取ることに集中すべきかと」

「でも、占い師がそこまで危険ならなおさら、放っておくわけには……」

「大丈夫です。仁明のように強大な力を持った霊能力者が、占い師の前に都合よく瀕死で現れることなんて、まずありませんから」

「そう……、でしょうか……」

「はい。仁明の力さえ奪えば、占い師にできることはかなり限られます」

「…………」

「澪さん、……むしろ、それ以外にできることはありませんよ。……念の為にはっきりお伝えしておきますが、占い師は今、仁明の無念を晴らすという大義名分で第六に執着し、それを、実験の成果を披露する良い機会としているように思えます。ですが、変に深追いすることで、占い師の興味の対象が本当の意味で第六に移ってしまう可能性もある。そうなれば、なにをしてくるかわかりません。たとえ仁明の力を奪った後であっても、高い資質を持っていることは確実なのですから」

それは、普段の東海林からは考えられないくらいに強い警告だった。

おそらく、澪がまた無茶なことを考えていないだろうかと、心配してくれているのだろう。

気を揉《も》ませたことを申し訳なく思いながら、澪は頷く。

「わかってます……。どうにもならない相手も、いるってことですよね……」

「ええ、残念ながら。澪さんには無縁であるべき人種です」

「……そんなこと、ないです。私だって、もし大切な人になにかされたら——」

思わず怖ろしい言葉を言いそうになって、澪は慌てて口を噤《つぐ》んだ。

しかし、東海林は続きを察したのだろう、ふたたび震えだした澪の手にそっと触れる。

「大丈夫です。たとえどんなに大きく道を逸《そ》れたとしても、澪さんには連れ戻してくれる仲間がたくさんいますから」

「仲間……」

呟《つぶや》いた途端、第六の面々をはじめ、高木や伊原《いはら》や目黒《めぐろ》の顔が思い浮かび、張り詰めていた心がわずかに緩んだ。

すると、東海林は穏やかな笑みを浮かべる。

「ええ。そんな仲間たちを、そして平和な日常を守りましょう。状況は混沌《こんとん》としていますが、やるべきことが明確になりましたし、終わりは近いはずです」

「わかり、ました」

「……では、私は仁明の体を見つけたときのために、いろいろと対策を考えます。もちろん、仁明の能力を封印するための準備もしなければなりませんし」

「それって、すごく難しいんじゃ……」

「いいえ。たいしたことありません。必ず、すべてが上手《うま》くいきます」

東海林の力強い言葉に、澪は頷き返す。

ただ、その一方で、病気を患っている東海林に大きな負担を負わせてしまうことに、不安を覚えていた。

東海林はおくびにも出さないが、平気なわけがないと。

とはいえ、仁明の力を封印できる人間が他にいるとは思えず、澪は葛藤《かっとう》を無理やり抑えながら、東海林の手を握り返す。

そして、——やはり自分が苦しい思いをした方が何百倍もマシだと、改めて痛感していた。

＊

四月も中旬に差し掛かった頃、澪にとって久しぶりに嬉《うれ》しい出来事があった。

それは、しばらく療養していた沙良の仕事復帰。

療養といってもそれはあくまで体裁上であり、とうに回復していた沙良の復帰に時間がかかった本当の理由は、「復帰するにあたり入念な準備が必要」という目黒の言葉にある。

沙良自身は、澪と連絡を取り合う中で「できるだけ早く復帰したい」と常々口にしていたけれど、いかに目黒に心配をかけたかを自覚しているのか、それに関して不満を零《こぼ》すようなことは一度もなかった。

ようやく復帰の日が確定したと連絡をもらったのは、復帰の二日前のこと。

澪はその瞬間から気持ちがフワフワと落ち着かず、当日はいつもよりずっと早い時間に出勤し、エントランスに近い応接室で沙良が現れるのを今か今かと待ち構えていた。

ようやく廊下から足音が聞こえたのは、始業時間十分程前のこと。

澪はエントランスに飛び出すと、ドアの正面に立ち、沙良が現れる瞬間を待つ。――そして。

「沙良ちゃんおかえり！」

ドアノブがわずかに動くやいなや、待ちきれないとばかりにドアを開けてそう叫んだ――瞬間。

「っ……！」

黒服の男と目が合うやいなや澪の体はあっという間に壁に押さえつけられ、気付けば肩の関節まで極《き》められていた。

「いいい痛い痛い痛い！」

理解がまったく追いつかず、むしろ痛みで考える余裕などなく、すっかりパニック状態の澪は悲鳴を上げる。そのとき。

「手を離してください！　その方は私の先輩です！」

心待ちにしていた声が聞こえると同時に、澪の体は解放された。

「さ、沙良、ちゃん」

まったく理解が追いつかない中、よろけた体をさっきの黒服に支えられる。

しかし、慌てて駆け寄ってきた沙良がその黒服を強引に引き剝がし、澪をエントランスに座らせた。

「澪先輩、大丈夫ですか……？」

「ど、どうにか……。それよりこの人誰……」

「どうか無礼をお許しください。この男たちは目黒が手配した、私のボディガードです。オフィス内は警戒の必要がないと事前に伝えていたのですが……」

「ボディガード……？　ってか男たち、って」

そう言いながら顔を上げると、ドアの前には、同じような黒いスーツに身を包んだいかにも屈強そうな男が、ずらりと三人並んでいた。

「まさか、目黒さんが言ってた準備ってこういうこと……？」

「ええ、私も昨日聞かされまして。全員の身元や経歴を十分に調査する必要があったため、ずいぶん時間を要したとのことでした。もちろん、長崎さんには了承をいただいています」

「そ、そう……」

「本当に、大変失礼いたしました」

「い、いや、私も急に飛び出しちゃったし……。むしろ、すごい優秀で頼もしいね……」

「寛容なお言葉を、ありがとうございます」

一応理解はしたものの、感動の再会になると思いきやまさか関節を極められるとは思わず、澪はぐったりと脱力する。

一方、沙良は突如瞳《ひとみ》を潤ませ、澪の背中にぎゅっと両腕を回した。

「澪先輩、ずっと、このオフィスでお会いしたいと思っていました」

「沙良ちゃん……」

「ああ、……嬉しい」

まだ動揺は落ち着いていなかったけれど、その弱々しい声を聞いた途端に胸がいっぱいになり、澪もまた、沙良の体を強く抱き締め返す。

しかし、ゆっくり感動に浸る間もなく、沙良の肩越しに突如異様な恰好《かっこう》の人物が目に入り、込み上げた涙がスッと引いた。

その人物はボディガードたちとは雰囲気がまったく違い、恰幅《かっぷく》のよい体にエスニック柄のワンピースを身につけ、頭と口元をベールで隠している。

さらに、唯一露《あら》わになっている目元には南国の鳥のような鮮やかなアイメイクが施され、独特なオーラを醸し出していた。

ボディガードたちが無反応である以上、この女性も一味であることは間違いなさそうだが、とてもスルーできるようなインパクトではなく、澪は咄嗟《とっさ》に沙良の肩を叩《たた》く。

「あ、あの、沙良ちゃん」

「ああ、澪先輩の香りがします。懐かしい……」

「う、うん。その前にあの、なんかだいぶ不思議な人が」

「少しお痩《や》せになられましたか……？　それもすべて、私が心労をおかけしたせいですね」

「いやむしろ太ったんだけど、そんなことより、あの……」

「どうか、私に美味《おい》しいものをご馳走《ちそう》させてください」

気になって仕方がないのに会話が成立せず、澪は一旦《いったん》諦《あきら》めて沙良の頭を撫《な》でる。

すると、今度は廊下から聞き馴染《なじ》みのある笑い声が聞こえ、晃が姿を現した。

「あー、面白かった。ずっと見てられるわ」

「晃くん……！　もしかして、最初からずっと見てたの……？」

「うん。最高のエンターテインメントだった」

「いや、こっちは困ってるんだから助けてよ……！」

「無理無理、むしろ動画を回さなかったこと後悔してるくらいなのに。で、僕も気になるんだけど、このエキゾチックな人、誰？」

晃の登場にさすがの沙良も我に返ったのか、いかにも渋々といった様子で澪から離れる。

そして、晃がエキゾチックと表現した女性の横に立った。

「この方は、パール・ホワイトさんです」

「もう面白いんだけど」

「パールさんにも、護衛をお願いしています。護衛といっても物理的な意味ではなく、彼女は吉凶占いを得意とされている方で、私の行動に関する吉日や吉方位を見定めてくださいます」

「なんかよくわかんないけど、占い師ってこと？　つまり、占い師をもって占い師を制す作戦？　その人も目黒さんが手配したの？」

「ええ、もちろんです」

「言いたかないけど、迷走してない？」

「目黒に限ってそんなことはありません。……ただ、考え得るすべての安全策を講じたいと思わせてしまうくらいに、心配をかけましたから」

そう言って笑う沙良の表情は、なんだか以前よりもスッキリして見えた。

思わず見入ってしまった澪に、沙良が小さく首をかしげる。

「澪先輩、ずいぶんお静かですが、まだどこか痛みますか？」

「あ、ううん、なんだか沙良ちゃんの雰囲気が変わったような気がして」

「私の雰囲気、ですか」

「うん。前より感情がわかりやすいっていうか……、言い方悪いけど、人間味があるっていうか」

うまい表現が見つからず、澪は曖昧《あいまい》に語尾を濁した。

しかし、どうやら晃には伝わったらしく、何度も頷《うなず》く。

「わかるわかる。前までの人形みたいな不自然さが、ちょっとだけ薄れたかも」

「人形、ですか」

「まぁ表情がほとんどなかったからね。でも、かなり良くなったよ。なにか心境の変化でもあった？」

「心境の変化……」

晃からの問いかけに、沙良はしばらくキョトンとしていた。

しかし、思い当たる節があったのだろう、ふいに小さく微笑む。

「雰囲気が変わったというご意見は、自分ではわかりかねますが……、心境の変化でしたら確かにあったと思います。皆さんにとっては、とても些細《ささい》なものかもしれませんが……」

「へー。ちなみにそれ、聞いてもいいの？」

「ええ、もちろんです。キッカケは、意識を取り戻した私に澪先輩が仰《おっしゃ》られた言葉です。あのとき、皆さんに迷惑をかけたことをぐずぐずと気に病む私に対し、澪先輩は、〝ほしがっていた仲間とは、こういうものではないのか〟と問いただしました。〝もっと一方的に与える側でなければ、満足いかないのか〟とも。あのとき受けた衝撃は、忘れられません。そして、長い療養期間をいただく中で何度もあの言葉を思い出し、私も澪先輩のように強く、まっすぐで、素直な人間でありたいと強く思うようになりました。すぐには無理だとしても、いつかは」

「沙良ちゃん……」

思いもしなかった褒め言葉の連続に、澪は恐縮してなにも言えなかった。

そんな澪を見て、晃はさも可笑《おか》しそうに笑う。

「澪ちゃんみたいになるの？　宮川《みやがわ》さんが？……真逆じゃん」

「それはよくわかっていますが、それでも目指したいと思っています。まずはよく観察し、真似から始めようと」

「この人、ランチのラーメンに餃子《ぎょうざ》とフルサイズのチャーハン付けてるけど、それも？」

「それが、澪先輩が澪先輩であるための要素ならば」

「へぇ……」

「晃くん……！」

面白がって揶揄《やゆ》する晃を制しながらも、澪は今になってじわじわと押し寄せてきた感動に浸っていた。

自分は憧《あこが》れられるような人間ではないとわかっているのに、むしろわかっているからこそ、すべてを肯定されたような気がして嬉《うれ》しかったからだ。

さらに、懐かしさすら覚えるストレートな褒め言葉を向けられたことで、沙良が戻ってきたことを、改めて実感していた。

「……沙良ちゃん、おかえり」

唐突にそう伝えると、沙良はまるで花が綻《ほころ》ぶかのような鮮やかな笑みを浮かべる。そして。

「ただいま戻りました。これからはずっとお傍にいます」

ある意味沙良らしい重い言葉を添えて、澪の手をぎゅっと握った。


関係者を集めての打ち合わせがようやく叶《かな》ったのは、沙良の復帰からさらに一週間後の、業務後のこと。

メンバーは、次郎、澪、晃、高木、目黒の五人で、吉原《よしはら》不動産の本社にある旧第六のオフィスでの開催が決まった。

占い師が身を隠したと予想される今、もう前のような強い警戒は必要ないのだが、それでも旧オフィスを選んだ理由はセキュリティ云々《うんぬん》の問題ではなく、高木の多忙さに配慮したからだ。

しかし、開始ギリギリになって、高木から次郎宛に「トラブルがあって少し遅れる」という連絡が届いた。

やはり相当忙しいらしいと誰もが心配していたけれど、そんな中、次郎だけは、廊下で高木に返信をしながらどこか納得いかないといった表情を浮かべていた。

「次郎さん……？」

その様子がなんだか気になり、澪が廊下に出て声をかけると、次郎は携帯をポケットに仕舞いながら小さく肩をすくめる。そして。

「ここしばらく、高木の様子がおかしい」

　一人で抱え込みがちな次郎にしては珍しく、あっさりと澪にそう吐露した。

「高木さんが……？」

「ああ。なにか隠してる気がする」

「なにか、って」

「いや、これといった確証はないし、ただの勘だ。……まあいい、とりあえず俺らだけで先に打ち合わせを進める」

　次郎はそう言うと、すぐに表情をいつも通りに戻し、部屋に戻るよう澪を視線で促す。

　しかし、澪は首を横に振り、次郎をまっすぐに見上げた。

「次郎さんの勘は、確証と同じくらいの信憑性《しんぴょうせい》があります。高木さんのことに関しては、特に」

　そうはっきり言い切った澪に、次郎は瞳《ひとみ》を揺らす。

　そして、束の間の沈黙の後、小さく息をついた。

「……正直、ここ最近の高木の度重なる残業も、今日のトラブルも、違和感が拭《ぬぐ》えない。……あいつの要領の良さは、お前も知ってるだろ」

　次郎が語りはじめたのは、高木についての違和感。それは、そこそこ付き合いの長い澪としても納得感のある話だった。

「確かに、あまりに忙しそうだとは思ってましたが……、だけど、そこを疑ってしまうと、高木さんが私たちに嘘をついて裏で動いてるってことになりません……？」

言いながらも、そんなことはあり得ないと、即座に頭の中で否定している自分がいた。

――しかし、そのときふと、少し前に東海林から報告を受けた、高木の妙な行動のことが脳裏を過《よぎ》る。

それは忘れもしない、占い師が沙良に憑《つ》けた地縛霊の魂を元の場所に戻すため、次郎と晃と澪の三人で元禄地震の慰霊碑へ行った日のこと。

晃の手柄によって周囲の禍々《まがまが》しい気配が落ち着いた頃、次郎はすぐに東海林に電話をし、経過を報告した。

そのとき東海林が次郎に話したのが、高木に誰かから着信があったことと、そのときの高木の様子がおかしかったこと。

「そういえば、妙な電話がかかってきてたって言ってましたね……」

そう呟《つぶや》く声は、わかりやすく動揺を帯びた。

あのときは、高木が裏切ることはまずないという信頼からそこまで気に留めなかったけれど、今もまだ様子がおかしいとなると話は変わってくる。

すると、次郎はゆっくりと首を縦に振った。

「ああ。……ただ、あの後高木に直接聞いてみたが、奴は肯定も否定もしなかった」

「否定もって、それどういう……」

「あいつが俺に言ったのは〝信用してほしい〟というひと言だ。誤魔化す気なら問い詰めるつもりだったが……」

途切れた言葉の続きは、わざわざ聞くまでもない。

つまり、次郎は高木がなんらかの動きをしていることを察した上で、黙認していることになる。

というより、信用を盾に取られてしまったせいで、追及し辛《づら》くなってしまったのだろう。

それは、良くも悪くも、二人の深い信頼関係が伝わってくるような話だった。

ただ、あくまでそれは二人の間だからこそ成り立つものであり、澪は「信用してほしい」という言葉だけで安心できる程、のん気にはなれなかった。

「放っておいて、本当にいいんですか？」

尋ねると、次郎は黙って瞳を揺らす。

しかし、結局その答えを口にしないまま、部屋に入るよう澪の背中を押した。

「とにかく、まずは打ち合わせを」

「……はい」

モヤモヤは晴れなかったけれど、皆を待たせている以上食い下がるわけにはいかず、澪は部屋に入ると並べられた椅子に座る。

一方、次郎の表情はすっかりいつも通りで、なにごともなかったかのように打ち合わせの口火を切った。

「――各々には既に軽く伝えているが、占い師は仁明の魂を利用し、強大な力を得たと考えられる。今は鳴りを潜めているが、また活動を始める前に、占い師から仁明の能力を剝《は》がし取りたい。具体的な方法としては、現在占い師の管理下にあると思われる、仁明の体を奪うこと。つまり、占い師が潜伏している拠点の場所を特定することが、目下の課題だ」

最初に語ったのは、今の澪たちにできる、占い師に対抗するための唯一の策。

内容はとてもシンプルでわかりやすいけれど、この拠点捜し問題はもっとも厄介であり、これまでにも議題に出ていながら、なにひとつ成果を上げられずにいる。

少し前は、占い師の顧客だと思われる、老舗《しにせ》旅館「きた本《もと》」の次期社長・津久井《つくい》の尾行を計画していたけれど、その津久井の命も沙良と同時に狙われてしまい、その時点で占い師から関係を断たれたことが明白であるため、叶わなくなってしまった。

早速重い沈黙が広がる中、次郎はふと目黒に目を向ける。そして。

「宮川の安全が確保されている今、目黒さんをさらに巻き込むのは本意ではありませんが、……この件は、あなたの情報力にも頼らせてもらえませんか」

神妙な面持ちで、そう口にした。

その打診するような言い方に、澪は思わず目を見開く。

というのは、澪は目黒がこの場にいることに関してなんの疑問も持っておらず、むしろ、すでに仲間のような感覚でいたからだ。

しかし、よくよく考えてみれば、目黒が第六に接触した目的は沙良の身の安全を守るためであり、沙良が大きな危機を脱した今、これ以上第六の面々と目的を共有する必要はない。

いきなり浮上した目黒離脱の可能性に、澪はたちまち不安を覚える。

しかし、そんな澪を他所《よそ》に、目黒は悩む様子ひとつ見せずに首を縦に振った。

「当然です。私はそんな恩知らずではありませんし、そもそも、占い師が脅威である以上、沙良様の安全が確保されたとは言い切れません。最低限、占い師の力を奪うまでは、協力させていただきます。その代わり、可能な限り沙良様ご本人には、本件に関わらせないことを条件とさせてください」

まったく迷いを感じさせないその言い方に、澪はほっと息をつく。

次郎もまた、表情をわずかに緩め、ゆっくりと頷《うなず》いてみせた。そのとき。

「――お待たせ」

姿を現したのは、高木。

ついさっき高木のことを話したばかりの澪はつい動揺してしまったけれど、高木は早速席につき、いつもと変わらない穏やかな笑みを浮かべた。

「ごめんごめん、最近は毎日ゴタゴタしてて。目黒さんもすみません、お待たせしました」

「いえ、さほどの遅れでは」

「いやいや遅いよ……！　部長さんと目黒さんがセットだと、部屋の空気がやばいんだからさ」

晃もまた、いつもの軽口で空気を緩める。

ただ、澪は一度込み上げた動揺をどうすることもできず、それが顔に出ていたのか、高木が不思議そうに首をかしげた。

「澪ちゃん、もしかして疲れてる？」

「え？……あ、いえ、すみません、少しぼーっとしていて」

「待たせてごめんね」

「そ、そういう意味では！」

澪は慌てて首を横に振りつつ、密《ひそ》かに高木の表情を観察する。

しかし、澪には、高木から違和感を感じ取ることはできなかった。

そして。

「再開するぞ」

次郎のひと声で、目黒と晃が頷く。

一方、高木は慌てた様子で手元のタブレットを起動させながら、突如手を上げて進行を止めた。

「次郎待って。先に俺から報告がしたい」

「報告？」

「うん。ついさっき入手したばかりの情報を持ってきたから」

「なにか調べてたのか？」

「正確には、ずいぶん前から仕込んでた調査にちょっとした進展があったっていうか。とにかく、見てほしいものがあるんだ」

まったく予想がつかず、澪はなんだか不安になって晃に視線を向ける。しかし、晃も同じ心境なのだろう、小さく首をかしげた。

やがて高木はタブレットを手早くモニターに繋《つな》ぎ、画面に一枚の静止画を映し出す。

それはひたすら緑が広がる山の風景で、真上から見下ろすような画角的に、どうやら衛星写真のようだった。

「ただの山じゃん」

晃の言葉に頷きながらも、高木はタブレットをさらに操作し、写真の縮尺を徐々に下げていく。

「この、周囲と少しだけ色が違うエリアをよく見てて」

そう言いながら高木が指差したのは、写真の中央の一角。

周囲と色が違うといっても、かなり注視しなければ気にも留めない程度のものだったが、確かにそこだけわずかに色が濃く、そしてやや平坦《へいたん》に見えた。

おそらく、その辺りだけ木々が生えておらず、土地が拓《ひら》けているのだろう。

澪は言われた通り、その場所に集中する。――そして、該当のエリアが限界まで拡大された瞬間、目に映った奇妙なものに、たちまち胸騒ぎを覚えた。

「なにか、ありますね……」

それは、拓けた土地にぽつんと佇《たたず》む、長方形の物体。

上手く森に紛れてはいるが、その表面は太陽の光を反射していて、明らかに人工物であることがわかる。

高木は頷き、さらに言葉を続けた。

「実はこれ、俺が使ってる調査会社が、高解像度の衛星写真をほぼリアルタイムで提供するサービスを利用して見つけた、群馬の山奥の写真なんだ」

「群馬……って」

「そう。占い師の拠点があるんじゃないかって話してたエリア。正直、こんな広大なエリアで、衛星写真をひとつひとつ拡大しながら拠点を捜すなんて途方もない作業だし、見つかる可能性なんてほぼゼロだと思ってたから、期待させないよう黙ってたんだけど、……つい数日前にこの画像が送られてきて」

「ここが、占い師の拠点ってこと、ですか……？」

澪の心臓が、たちまち鼓動を速める。

しかし、高木はそんな澪を制するように、手のひらを掲げた。

「いや、待って。まだ早まらずに最後まで聞いて。実は、その後すぐに詳しい解析に回したんだけど、それによると、この四角い物体は長辺三、四メートル程度しかないんだって。建物にしては小さいからプレハブのようなものを想像したんだけど、この辺りはインフラが整ってないし、おまけにトラックも通れないくらいの細い道が一本あるだけだから、そんな場所に資材を運んで設置工事をするなんてかなり異様でしょ？　少なくとも、強い警戒心を持つ占い師がそんな目立つ行動を取るとは思えないなって。そもそも、電気が通ってない場所で意識のない人間を一人管理するなんて厳しいと思うし。だから、この辺りに農地を持つ農家の倉庫だろうっていう結論を出して、一度スルーしたんだ。……けど」

高木は語尾を曖昧《あいまい》に途切れさせたまま、今度はディスプレイの写真を別のものに置き換える。そして。

「今度は、こっちの写真を見て。今朝撮影されたものなんだけど」

そう言って、写真をふたたび拡大した。

ただ、パッと見は一枚目との違いがわからず、澪は首をかしげる。

しかし、限界まで拡大された同じ箇所を目にした瞬間、思わず息を呑《の》んだ。

「……なくなってるな」

理由は、次郎の呟《つぶや》きの通り。

さっきの写真にあったはずの長方形の物体は、その場から消失していた。

「そう。ちなみに、調査会社が最後に存在を確認したのは昨日の朝。だから、たった一晩で消えたことになる」

「倉庫のようなものが、一晩で？　それって、不自然じゃないですか……？」

澪はすっかり混乱し、そう尋ねる。

すると、高木は「ここをよく見て」と言いながら、物体があったはずの場所を指差した。

目を凝らしてみると、そこからかすかに確認できたのは、複数本の茶色い筋。

ほとんどが緑色で埋め尽くされた景色の中、それは他から少し浮いて見えた。

「なんか、痕《あと》みたいなのが……」

「うん。多分だけど、タイヤの痕なんじゃないかって」

「タイヤ……？　って、つまり……」

「そこにあったのは建物ではなく、牽引《けんいん》式のトレーラーハウスか、……もっと小回りのきくキャンピングカーである可能性が高いですね」

澪が答えを導き出すよりも早く、そう口にしたのは目黒。澪はその瞬間、すべてがすとんと腹落ちするような感覚を覚えた。

「そう、つまり拠点は車。だとすればある程度の電源が確保できるし。いざとなれば移動も楽だからね」

「なるほど……」

「しかし、組織の拠点とするにはさすがに狭すぎでは。身を潜めるにも、それでは二、三人が限度かと思いますが」

疑問を呈したのは、目黒。確かに、組織ごと潜伏すると考えると、キャンピングカーではかなり無理があるように思えた。

しかし。

「占い師は、おそらく単独で活動している。一時的に仲間がいたとしても、ほぼ使い捨てだろう」

ふいに次郎がそう口にし、「使い捨て」という響きに澪の背筋がゾッと冷えた。たちまち視線が集中する中、次郎はさらに言葉を続ける。

「オフィスにたびたび木偶《でく》人形を仕掛けたりと、やたらと存在を主張してきたせいで、一度は大きな組織を想像したが……、多分、そう勘違いするよう心理操作されていただけだ。というのは、占い師が自分の駒として使っていた人間といえば、伊東夫妻や津久井などの依頼者——つまり自らの信奉者か、宮川のような依頼者の関係筋。それ以外で仲間だと確定している人間は、今のところアクアの寺岡《てらおか》しかいない。むしろ、寺岡も元は依頼者だった可能性もあるし、そうなら今頃消されているかもしれない」

「消されて……って」

「失踪《しっそう》して以来まだ消息不明だろう。そう考えるのが自然だ」

「…………」

淡々と語られた残酷な推測に、澪は言葉を失う。

けれど、現に寺岡は忽然《こつぜん》と消え、付き合いの長い伊原《いはら》からも、見つかったという話は聞いていない。

「そもそもの話、あれだけ木偶人形を使いこなせるなら、下手に証拠を残しかねない人間なんて使う必要がないからな。それこそ、西新宿で俺らを監禁したときのように、大掛かりな仕掛けを使う場合を除いては」

聞けば聞く程、次郎の話には強い説得力があった。

「ってことはつまり……、キャンピングカー一台でも、拠点として成り立つってことだよね」

晃からの確認に、次郎ははっきりと頷《うなず》く。

ただ、大きな情報を得られたというのに、部屋の空気は重苦しく沈んでいた。

それも無理はなく、拠点の形状がわかったところで、衛星写真からその存在が消えてしまった以上、もはや行方がわからない。

「……ごめん、せめてこの写真のことをもっと早く報告していれば。引っかかっていながらも、あれが拠点だなんてあり得ないと思ってたから……」

沈黙を、高木の弱々しい謝罪が破った。

しかし、晃が咄嗟《とっさ》に首を横に振る。

「いやいや、拠点が車だってわかっただけで十分じゃん。だいたい、どこまで行っても山しかないような場所で、衛星写真からこんな小さな拠点を見つけ出すだなんてやばすぎ。そんな異常な方法、高木くんくらいしかやろうと思わないよ」

「異常って……。あまりフォローされてる気がしないんだけど」

「それくらいの情熱と執念があるって話」

晃の口調は相変わらず軽いが、澪はその言葉に密《ひそ》かに共感していた。

限界まで拡大しなければ目に留まらないような一台の車の存在を、よく捜し当てたものだと。

ただ、その一方で、まさに執念すら感じられるような行動を取る高木が、裏で別の動きをしていると思うと、複雑な思いだった。

しかし、当然ながらそれを話題に出すわけにはいかず、澪はもどかしい思いで視線を落とす。

すると、場を仕切り直すかのように、目黒が咳払《せきばら》いをした。

「では、私はひとまず、個人的なネットワークを使い周辺の町の防犯カメラの情報を収集します。該当のエリアにはおそらく設置台数が少ないでしょうが、もし映っていれば、ある程度の行き先を予測できるかもしれません」

「ええ、お願いします」

「ただし、すでに群馬から遠く離れてしまっている場合、その先を追うのは格段に難しくなりますが」

それはつまり、拠点の捜索範囲が途方もなく広がってしまうことを意味する。淡々と語られた事実に、ふたたび部屋を重い空気が包んだ。――しかし。

「……遠くには、行かないと思います。群馬の病院に、伊東夫妻がいるので」

思わず反応したのは、澪。

すると、晃が思い出したように頷く。

「そういえば、そういう話もあったね。伊東夫妻が生きてる限り、群馬から出ない説。出る場合は、まず二人を殺すだろうってやつでしょ？」

「そう。……少し前に東海林さんと話したとき、占い師は伊東夫妻の生き霊を、新たな術を試すための実験台にしてるんだろうって話していて。ただ、そうやって実験に都合よく使える人間なんて占い師にとっても貴重なはずだから、そう簡単には手放さないんじゃないかと……。よほどの窮地に追い込まれない限りは、多分……」

語りながらも恐怖が込み上げ、最後は声が震えた。

すると、高木がそんな澪の背中にそっと触れ、ゆっくり頷く。

「……その通りだね。なら、まずは伊東夫妻が入院している病院に、二人の現在の状況を確認してみよう」

高木はそう言うと、早速誰かに依頼するつもりなのか、携帯を取り出す。

しかし、目黒がすぐにそれを制した。

「それは、私の得意分野です。ついでに、今後は伊東夫妻の病室を二十四時間体制で監視させます。夫妻の生死が占い師の動向と大きく関わるのなら、常に状況を把握しておくことが重要ですので」

「確かに、その通りですね……。でしたら、こっちは引き続き調査会社を使って拠点の捜索を続けます」

目黒の提案のお陰で、本来は困難な情報収集もあっさりと叶《かな》い、晃が感心して目を輝かせる。

そして。

「なら、なんらかの手掛かりが摑《つか》めるまではひとまず待機だな」

次郎のひと言で、その日の打ち合わせは終了となった。

結果、高木のお陰で重要なことが判明するという意味のある打ち合わせとなったけれど、ただ、変わっていないのは、澪には現状できることがないという事実。

心の中では、もどかしい思いが解消されないまま、限界まで膨れ上がっていた。


そんな状況の中、突如、伊原が依頼を持って第六のオフィスに現れた。

しかもほぼ同時刻に高木までやってきて、図らずも依頼のプレゼン合戦を彷彿《ほうふつ》とさせるメンツが揃《そろ》い、澪は一瞬懐かしい気持ちになった。

ただし、当然ながら高木は依頼を持ってきたわけではなく、聞けば、「たまたま時間が空いたから、一緒にランチでもと思って」とのこと。

高木の異常な忙しさを知っている澪としては違和感が拭《ぬぐ》えなかったけれど、きっと考えすぎだと自分に言い聞かせ、ひとまず二人を応接室に通した。

伊原はソファに座るやいなや、まるで自宅のように遠慮なく伸びをし、当たり前のように正面に座った高木にチラリと視線を向ける。

「……ってかさ、俺は今から依頼の話をしようと思ってるんだけど、もしかして同席する気？　君の用事って、ただのランチの誘いでしょ？」

ずいぶん遠慮のない言い方だが、それは、澪が抱えた違和感にも通じる質問だった。

興味ないフリをしつつ密かに聞き耳を立てていると、高木は苦笑いを浮かべる。

「まあそうなんですけど、伊原さんさえ良ければ、ここにいさせてほしくて」

「なんで？」

「次郎はすぐに断ると思うので、少し待っていれば終わるかなと」

「……なんか、性格悪くなってない？」

さも嫌そうな顔をする伊原に、高木はそつのない笑みを浮かべた。

ただ、二人の会話はいたっていつも通りで、澪はあまり邪推するのはやめようと、無理やり頭を切り替える。

そして、次郎を呼ぶため応接室を出ると、すでに話し声で察していたのだろう、ちょうど執務室から出てきた次郎と鉢合わせした。

その後ろには晃もいて、澪と目が合うとニヤニヤと人の悪い笑みを浮かべる。

「晃くんも来たの？」

「依頼を瞬殺する名人芸を見物しに」

「悪趣味……」

澪の苦言をものともせず、晃はずいぶん楽しげに応接室へ入っていく。

澪はその後ろ姿をやれやれと見送りながら、ひとまず皆のコーヒーを準備するため給湯室へ向かった。

しかし、そこにはすでに沙良がいて、澪と目が合うとにっこりと笑う。

ただ、その背後には二人の護衛の男がぴったりと張り付いており、つい表情が強張《こわば》ってしまった。

「ご、ご苦労さまです……。よかったら、護衛の皆さんもコーヒーいかがですか……？」

動揺を抑えつつ尋ねたものの、二人は同時に首を横に振る。

「いえ、お構いなく。休憩でしたら交代で取っていますので。どうか、我々のことはいないものとしてお過ごしください」

「いないものとして……」

そうは言っても、狭い給湯室にギチギチに立つ大男たちをいないものとして過ごすなんて、さすがに無理があった。

かたや、沙良はすでに慣れてしまっているのか、護衛たちにまったく構うことなくトレーにカップを並べる。

「澪先輩、コーヒーでしたら私がお持ちしますので、どうぞお先に応接室へ」

「あ、うん……、ありがとう」

普段なら手伝うところだが、もはや給湯室に人が立ち入る隙間はなく、澪は沙良の言葉に甘えて応接室へ戻った。

しかし。

「——断る」

応接室に足を踏み入れるやいなや部屋に響き渡ったのは、次郎の無情なひと声。

待ってましたと言わんばかりに晃が噴き出し、伊原はガックリと肩を落とす。

ある意味予想通りではあったけれど、この異常な結論の早さから考えると、次郎はおそらく依頼の内容すら聞かずに断ったのだろう。

状況が状況だけに仕方がないとは思いつつ、澪としては、さすがに伊原が不憫《ふびん》に思えてならなかった。

とはいえ、ここからの粘りこそが、伊原の真骨頂とも言える。

さぞかし必死に食い下がるのだろうと、澪はソファの端にこっそりと座り、久しぶりの光景を眺めた。——けれど。

「やっぱ無理だよなぁ……。わかってるんだよ、第六が今めちゃくちゃ立て込んでるってことは」

意外にも、伊原はずいぶん弱々しい呟《つぶや》きを零《こぼ》した。

その伊原らしからぬ様子に、次郎以外の全員が顔を見合わせる。

「あ、あのさ、部長さん……、内容だけ聞いてみてもいいんじゃない……？」

ついには、散々面白がっていた晃が伊原の援護をする始末だった。

さすがの次郎も異様に思ったのだろう、いつものように即座にシャットアウトすることなく、怪訝《けげん》な表情を浮かべる。――結果。

「……わかった。手短に話せ」

皆からの圧に押されるように、そう言って深い溜《た》め息をついた。

しかし、いつもなら即刻目を輝かせるはずの伊原の反応はすこぶる鈍く、わずかに視線を上げて困ったように笑う。

「いや、やっぱやめておこうかなって。実はさ、ちょっと迷ってたんだ。正直、今の第六に無茶ぶりしたくないし」

その、あまりにもらしくない言葉に、その場の全員が凍りついた。

正直、澪はついさっきまで、このおかしな態度もすべて伊原の作戦の一環ではないかと、少し疑っていた。

けれど、この異常なまでの覇気のなさが演技だとはさすがに思えず、次第に心配が込み上げてくる。

「伊原さん、どうしたんですか？　せっかくなので、話すだけでも……」

とても見ていられずにそう言うと、伊原はしばらくの沈黙の後、観念したように頷《うなず》いてみせた。

「いや、実はさ、今回は俺からの依頼なんだ」

「え……？」

「俺の、超個人的な案件」

「ってことは、つまり……」

「──それならそうと早く言え」

澪が意味を理解するより早く、声色を変えたのは次郎。

次郎はさっきと打って変わって真剣な表情を浮かべ、伊原に視線を向けた。

そんな次郎の反応は、澪にとって意外でもあり、少し嬉《うれ》しくもあった。

というのは、次郎はいつも伊原を雑にあしらっているけれど、急な態度の変化から、本当に困ったときには力になるという意思が伝わってきたからだ。──しかし。

「いや、それが……、依頼内容っていうのが、次郎くんがいかにも嫌いそうな、いわゆる学校の怪談なんだよね……」

伊原がそう口にした瞬間、次郎はわかりやすく顔をしかめる。

ただ、今にも断りそうな空気を醸し出していながらも、話を中断させる気配はなかった。

「……ともかく、一旦《いったん》全部話せ。学校の怪談で個人的な依頼となると、さしずめお前の妹の関連だろ」

「さすが、鋭い……。ただ、今回は萌《もえ》じゃなく、その友達の話なんだ」

ふいに伊原の妹・萌の名が出て、澪は懐かしさを覚える。

萌には伊原からの依頼で前に一度会っているが、とても素直で可愛らしく、なにより伊原の溺愛《できあい》っぷりが忘れられない。

「萌ちゃんのお友達が、どうかしたんですか……？」

つい気持ちがはやりそう尋ねると、伊原は神妙な面持ちで頷いた。

「いや、本当に嫌がられそうだから、すごく言い辛《づら》いんだけどさ……」

「何度もしつこい。早く言え」

「わ、わかったよ。……実はこの間、その子の高校で新歓祭をやったらしくて、萌の友達──、夏希《なつき》ちゃんって言うんだけど、その子のクラスが出し物としてお化け屋敷をやったらしいんだ」

「お化け屋敷……。なんだか文化祭みたいですね」

「俺もそう思ったけど、その高校は文化祭がないから、そのぶん新歓祭を派手にやるんだって。進学校だし、受験生に配慮してイベントごとは春にまとまってるんだとか。……で、クラスの一人が、せっかくお化け屋敷やるなら本物が出たら面白いって言い出して、ネットの情報をもとに遊び半分で降霊術をやってみたら、本当に出ちゃったらしくて……。新歓祭が終わった今も、幽霊が教室を彷徨《さまよ》ってるとか……」

「大馬鹿だな。自分らで呼んでおいて。自業自得だろ」

「……やっぱ、そういう反応になるよね」

あっさりと一蹴《いっしゅう》した次郎に、伊原がガックリと肩を落とす。

とはいえ、いつもならとうに立ち去っているはずの次郎に動く気配はなく、伊原は少し意外そうにしながらも、さらに話を続けた。

「そりゃ、君らのような霊に精通してる人種からすれば、興味本位で降霊術をやるなんて考えられないんだろうけど、普通の人は、本当に出るなんて夢にも思わないんだよ……？　しかもその霊、多くの生徒に普通に視えるみたいで、結構な騒ぎになってるらしい。今のところは、危険な目に遭った生徒はいないみたいだけど……」

「今はそうかもしれないが、呼ぶだけ呼んで放置していれば、そのうち危害を加える可能性もある」

「そ、そうなの……？」

「あくまで可能性の話だが。で、その霊を、——自分たちでわざわざ呼び出した霊を、怖いから追い出したい、と」

「す、すみません」

伊原が萎縮《いしゅく》するのも無理はなく、次郎の口調には、わかりやすく棘《とげ》があった。

ただ、澪からすれば、次郎がこの手の話にここまで付き合ったこと自体がすでに珍しく、案外前向きに考えているのではないかと予想していた。

とはいえ、即答できないのもある意味当然であり、次郎としてはおそらく、占い師についての情報がいつ明らかになるかわからないこの状況で、他の件に手を出すことに二の足を踏んでいるのだろう。

応接室に、緊張感漂う沈黙が流れた。

すると、そのとき。

「いや……、いいや、困らせてごめん。でも、本当に無理しなくていいんだ、こっちも断られて当然くらいに思ってたし……」

気まずい空気に堪えかねたのか、伊原は次郎の返事を聞きもせず、相談を取り下げてしまった。

「伊原さん、ちょっと待っ……」

「澪ちゃん、いいんだ。そもそも依頼主が俺ってなると、いつものように高額な報酬は払えないし」

澪が慌てて制したものの、伊原はそれにかぶせるようにして、さらに弱音を零す。

「……ただ、妹から頼まれると、つい無理だって言えなくてさ。……あの子、双子の妹の咲《さき》が死んで以来ずいぶん長く引きこもってたでしょ？　だから、結局受験までに勉強が追いつかずに進学を遅らせることになって、当時は友達が全然いなくてさ。結構寂しい思いをしたと思うんだよね」

「そんなことが……」

「うん。でも、その後に通った塾でさ、萌はひとつ年上だから結構浮いてたらしいんだけど、夏希ちゃんだけがいろいろ助けてくれたんだって。結局二人の進学先は別々になったんだけど、今でも毎日連絡をとってるみたい。夏希ちゃんは萌にとって、咲がいなくなった寂しさを埋めてくれた、特別な存在なんだよ。そんな夏希ちゃんになら、萌はなんだってしてあげたいって言うんだ。だから俺……」

「――私が、行きます」

なかば反射的にそう宣言した澪に、全員の視線が集中した。

次郎の顔はわかりやすい程に呆《あき》れていたけれど、伊原からあんな話を聞いてしまった以上、澪には断る選択肢なんて考えられなかった。

「おい、澪──」

「次郎さん、私に行かせてください。普通に現れる霊なら事前調査がいらないぶん、たいして時間がかかりません。それに、被害が出ていないなら、さほど危険な案件じゃないはずです。……ササッと終えて戻ってきますから」

「馬鹿、早まるな。あと、そのやたらと情にほだされるところ、どうにかしろ」

「そう言いますけど、次郎さんだって請けたいって思ったから最後まで話を聞いたんでしょう……？」

「………」

黙る次郎の姿に、伊原が珍しいものでも見たかのように目を見開く。──そして。

「じゃ、俺も行くー」

漂う空気からすでに結論を察したのか、晃が声を弾ませてそう言った。

「おい、溝口《みぞぐち》……」

「澪ちゃんがこうなったらどうせ聞かないんだから、もう諦《あきら》めようよ。正直、しばらく陰気な案件ばっかで辟易《へきえき》してたし、そろそろ純粋に幽霊と戯れたいんだ。学校の怪談なんて、ちょうどいいじゃん。ね、伊原さん！」

「……溝口くん、気持ちは嬉しいんだけど、戯れるわけじゃ」

「ほら、伊原さんもこう言ってるし」

「いや、俺なにも」

「部長さん、お願い！　僕、ライトな心霊案件に飢えてるんだ」

「…………」

不謹慎なことを豪快に口にしながら、顔の前で無邪気に手を合わせる晃を見て、澪は密《ひそ》かにその思惑を察していた。

わざわざ我儘《わがまま》を通すような言い方を選ぶことで、普段なら絶対に請けないであろうこの案件に対し、次郎が首を縦に振りやすい状況を作ったのではないかと。

現に、次郎はしばらくの沈黙の後、渋々ながらも頷《うなず》いてみせた。

「……わかった。なら、これはお前らに任せる」

「やった！」

「ただし、使っていいのは一日だ。それ以上長引くようなら中止する。そこらを彷徨ってる霊にいちいち情をかけてもキリがないから、お札を使って学校から追い出すだけでいい」

「了解！　余裕！」

「澪、お前に言ってる」

「わ、わかりました……」

結果的にこうなるだろうと思ってはいたけれど、想像以上に早い展開に、澪は戸惑いながらも頷く。

それと同時に、日に日に次郎の扱いが上手《うま》くなっていく晃に感心していた。

一方、次郎の了承を得た晃は、いてもたってもいられないという様子でソファから立ち上がる。そして。

「じゃ、僕は早速機材を選ぶから、後のことはテキトーに決めといて！ あ、事前にSNSでの目撃情報を見ておきたいから、伊原さんは早めに学校の情報送ってね」

そう言い残し、返事も聞かずに執務室へ向かった。

入れ違いにコーヒーを運んできた沙良が、呆然《ぼうぜん》とその後ろ姿を目で追う。

応接室はまるで嵐が過ぎ去った後のように静まり返ったけれど、ふわりとコーヒーの香りが漂った瞬間、突如、高木が小さく笑い声を零《こぼ》した。

「晃は相変わらずだね。霊が出てるっていうのにあんなに楽しそうに。なんだか霊の概念がおかしくなりそうだ」

力が抜けたようなその言い方に、澪も思わず笑う。

「なんだかんだで、第六を裏で操作してるのは晃くんですから」

「言われてみれば、そうかもね」

空気はわずかに緩んだけれど、そんな中で唯一緊迫感を漂わせていたのは、やはり次郎だった。

「じ、次郎くん、なんかごめんね……？」

雰囲気に堪えかねて謝った伊原に、次郎は小さく溜《た》め息をつく。

「そんなに身構えなくても、撤回はしない。心配するな」

「そ、そう……？　じゃあ、順番が逆になったけど、報酬の交渉してもいい？　ちなみに、俺の限界はこんな感じなんだけど……」

伊原はそう言いながら、携帯に打ち込んだ数字を次郎の前に向けた。

しかし、次郎はそれを見るやいなや、顔をしかめる。

「……無料《タダ》同然だな」

「え、嘘でしょ？　一般庶民にしてはかなり頑張ってない？」

「その程度なら要らん」

「はっ？」

「とにかく、溝口が言った通り早急に詳細情報を送ってくれ。あと、学校の方の手回しも」

「そ、それはもちろんだけど、あの、報酬……」

「次はアポ取れよ」

「待っ……」

次郎は言いたいことだけ言うと、引き止める伊原を無視して応接室を後にした。

伊原が中腰のまま硬直する中、高木が可笑《おか》しそうに笑う。

「ほんと、素直じゃないよね」

そのひと言で澪もいろいろと察し、なんだか気持ちが緩んだ。

「伊原さん……、報酬の額、いったいいくら提示したんですか？　二千円？」

「君は、二千円が限界の大人についてどう思う？」

「伊原さんならあり得るかなって」

「あのね……、俺にだって、ここぞってときには清水《きよみず》の舞台から飛び降りるくらいの男気があるの」

「その、清水の舞台から飛び降りてはじき出した金額、無料同然って言われてましたけど」

「ねえ、目の前でおじさんが泣いても平気？」

「困ります。だけど、結果的に、萌ちゃんからのお願いを断らずに済んだじゃないですか」

「………」

「ふふ」

「……君は、そうやってすぐ俺の情緒を引っ搔《か》き回す」

文句を言いながらも、伊原の表情はずいぶんリラックスして見えた。

ようやくいつも通りの伊原に戻り、澪は沙良が淹《い》れてくれたコーヒーを飲みながら胸を撫《な》で下ろす。

そして、――いつもなんだかんだで澪を気遣ってくれる伊原に恩返しをする機会があってよかったと、密かにそんなことを考えていた。

現場となる『合原《あいはら》女子学院高等部』、通称合原高校を訪れたのは、早くも翌週末のこと。

伊原は驚く程の速さで学校の許可を取り、澪たちが調査するための手筈《てはず》を整えた。

ただし、学校に申請した立入届では、澪たちの素性を〝建築会社からやってきた耐震調査の調査員〟としているらしい。

そんな肩書きでは身動きが取り辛《づら》いと抗議したけれど、聞けば、この件に協力的な教員が一人いて、上手く取り計らってくれるという話だった。

ちなみにその教員とは、夏希の担任の徳島《とくしま》という女性。

そもそも、有名進学校である合原高校に、心霊調査などという怪しい名目での立ち入りはまず不可能であり、伊原はまず萌経由で夏希に相談を持ちかけたらしい。

その結果、教室に出る霊を生徒以上に怖がっていた徳島の協力を得られることになり、徳島が、確実に立ち入ることのできる方法を考案してくれたという流れだった。

ともかく、なんとか調査をする下地は整った。――ものの。

伊原からの依頼においてはもはや珍しくもないが、肝心の、霊に関する情報についてはほぼゼロも同然だった。

「――こっちとしては、そこを一番知りたいわけですよ。現れてまだ日が浅いからか、SNSにもこれといった情報はありませんでしたし」

夕方、伊原の車で学校へ向かいながら文句を言う澪に、伊原は苦笑いを浮かべる。

「いや、俺だって一応聞いたんだよ？　でも〝多くの生徒に視えてる〟ってこと以外に情報がなかったんだってば……。だから、聞き込みを手伝うつもりでこうして付いてきてるわけじゃん……」

「聞き込みなんてしていいんですか？　耐震調査の調査員なのに」

「噂好きな調査員ってことでよくない？」

「追い出されますよ……」

今回は調査に一日しか使えず、事前の情報に期待していたぶんガッカリだったけれど、今さら伊原を責めてもどうにもならないことだけは確かだった。

「もう勘弁してよ……。だいたい、事前の情報収集に時間をかけてるうちに、君らがまた忙しくなるかもしれないじゃん」

「それはまあ、一理ありますが」

「でしょ？　それに、担任の徳島先生なら、なにか情報を持ってるかもしれないし」

「……それに期待します。あーあ、高木さんからの依頼だったら完璧《かんぺき》なのに」

「だから、ひとり言が大きいんだって」

延々と文句の応酬を続ける澪たちを、晃が可笑しそうに笑う。

ただ、この調査においてもっとも予想外だったのは、伊原からの情報が圧倒的に少ない以外にも、もうひとつあった。

「――伊原さんは、相変わらず雑なんですね」

後部シートからそう声をかけてきたのは、高木。

あの日同席していた高木は、決行が決まった後に突如自分も同行したいと言い出し、澪たちを動揺させた。

高木いわく、そう考えたキッカケは、晃が口にしていた言葉の数々。

「陰気な案件ばっかで辟易《へきえき》してた」や、「ライトな心霊案件に飢えてる」など、次々と並べた言葉を不謹慎だと思う一方で、その心境を心から理解できてしまっている自分がいたのだという。

『――もちろん、重い展開に疲れてたってのもあるけど、なにより、学校の怪談って聞いてちょっと懐かしくなったんだ。俺、第六がまだ吉原不動産のいち部署だった頃、澪ちゃんの調査によく付き合ってたでしょ。……最近、異常に忙しいせいか、ときどきふとあの頃のことを思い出すんだ。怖かったけど、平和だったなあって』

そう語った高木に、次郎はあっさり「好きにしろ」と言った。

もちろん、報酬をもらわないぶん依頼として成り立っていないというのが了承した一番の理由だろうが、次郎としても、高木が口にした昔を懐かしむような発言に、いろいろと思うことがあったのだろう。

そもそも、多忙を極める中でふらりとランチの誘いにやってきた時点でやはり違和感があり、こんなことで気晴らしになるのならと考えるのは、自然なことだった。

最初こそ不思議に思っていた澪も、今となってはむしろ歓迎している。

ついでに言えば、この機会に、高木の怪しい行動について探りを入れたいという気持ちも、正直、少しあった。

ともかく、そんな経緯で、調査に参加することになったのは、澪、晃、伊原、高木の四名。

事前に学校に申請していたのが伊原の車のみだったため、四人全員が乗った車の中は、心霊調査に行くとは思えないくらい賑《にぎ》やかだった。

「――そういう高木くんはずいぶん細かい事前調査をするらしいね。ただでさえ中間管理職で忙しいのに、とんでもなく早い上にいつも完璧なんだとか？」

「……やば、この人因縁付ける口調で褒めてる」

「気持ち的には文句を言いたいんだけど、探せど探せど貶《けな》すところが全然ないから仕方がないんだ。せいぜい持ってくる依頼の報酬が安いくらいで」

「でも、もうそれも言えないね。今回はなにせ、無料だし」

「……うるさいな。ほら、もう着くよ！」

伊原はそう言うと、裏門から合原高校の敷地に入り、訪問者専用の駐車場に車を停める。

そして、車を降りるやいなや、すぐに教員らしき女性が近寄ってきて、澪たちに深々と頭を下げた。

「第六リサーチさんでしょうか……。私、徳島結衣《ゆい》と申します」

「ああ、徳島先生ですね。伺っています。私は第六リサーチの新垣《しんがき》と申しまして、こちらは高木、溝口、そしてあちらが本件を仲介した伊原さんです。今日はよろしくお願いいたします」

澪が挨拶《あいさつ》を返すと、徳島はやや引き攣《つ》った笑みを浮かべ、どこか落ち着きなく周囲にチラチラと視線を泳がせる。

おそらく、学校に嘘の申請をし、心霊調査などという一般的には怪しすぎる人間を立ち入らせたこの状況に、緊張しているのだろう。

それも無理はなく、徳島は見た感じ三十にも満たない程に若く、けれど化粧っ気はまったくなく、皺《しわ》ひとつないシャツは一番上までボタンがきっちりと留められていて、見るからに生真面目そうだった。

挨拶を終えると、徳島は三棟ある校舎のうち、一番奥を指差す。

「では、私の方で受付を済ませてきますので、皆さんはあちらの校舎に向かっていただけますか……？　通用口で、高梨《たかなし》という名の女子生徒がお待ちしていますので」

「高梨？　ああ、夏希ちゃんね」

「夏希、ちゃん……？」

ふいに、徳島は伊原に対し、わかりやすい程に訝《いぶか》しんだ視線を向けた。

自分の生徒をいきなりちゃん付けした男に警戒したのだろう。

伊原もそれを察したのか、慌てて首を横に振った。

「えっ、あ、なんか疑ってます？　僕はなつ……いや、高梨さんの友人の兄です。妹経由で高梨さんから相談を……って、その話、聞いてません？」

「え、ええ、伺ってはいるのですが……、ずいぶん気安い呼び方をされていたので、つい気になってしまって。つまり、伊原さんは高梨さんと面識があるということなんですね」

「いや、会ったことは一度も」

「…………」

微妙な空気が流れ、ついに晃が堪えられないとばかりに笑う。

場は混沌《こんとん》としていたけれど、澪にはもはや、どうフォローしたらいいかわからなかった。

しかし、徳島はわずかな沈黙の後、もはや後には引けないと覚悟を決めたのか、どこか割り切った表情を浮かべ、改めて澪たちを見つめる。そして。

「ともかく、私は受付に。すぐに合流しますので、しばらくお待ちください」

そう言うと、ずいぶん足早に、一番手前の校舎の入口へと向かった。

その後ろ姿を見送りながら、晃がニヤニヤと笑う。

「あー面白かった。伊原さん、怪しまれすぎなんだもん。あの先生、心配で心配で、超ダッシュで戻ってくるんじゃない？」

「失礼な。……でもまぁ、無理もないよなぁ。こういう進学校の先生は特別真面目なんだろうし、俺とは住む世界が違うから」

「まあねー。ただ、特別不真面目な先生でも、伊原さんのことは普通に怪しむと思うよ」

「……あのさ」

「もう、行きますよ！」

澪は、放っておくとすぐにふざけ始める二人を置いて、指示された校舎へと向かう。

するると、高木が追いつきその横に並んだ。

「なんかほっとするよ、この騒がしい感じ」

「そうですか？　私はうんざりですけど」

「俺はなんだかワクワクしてる」

そう呟《つぶや》く高木の表情は、確かに少し高揚して見えた。

実は誰より怖がりのはずなのに、心霊調査に癒《いや》しを求めるほどに疲れているのだろうかと、澪はなんだか不安を覚える。

「大丈夫、ですか……？」

思わずそう尋ねた澪に、高木はかすかに瞳《ひとみ》を揺らした。

「うん？」

「なんだか、心配なんです。……ずっと」

ついさまざまな思いを言葉に込めてしまい、思った以上に声が重く響く。

しかし、高木はいつも通りの笑みを浮かべた。

「ありがとう。でも心配いらないよ。この時期の忙しさは毎年のことなんだから」

それは、あくまで年度末の忙しさに対しての答えだった。

そう簡単にすべてを話してくれるとはさすがに思っていなかったけれど、澪は、なんだか壁を作られたような寂しさを覚える。

ただ、ここ最近の様子と比べ、ややスッキリしている高木の表情を見ていると、そんなのは些末《さまつ》なことのように思えてきた。

むしろ、一緒にいることを気晴らしだと思ってくれるだけで、十分だと。

やがて、一番奥の校舎の通用口に着くと、徳島から聞いていた通り、一人の女子生徒が廊下で待っていて、澪たちに気付くと顔をパッと明るくした。

「あ、萌のお兄さんたちですか？　高梨夏希です！」

その明るい声に、澪は少し面食らう。

心霊現象に怯《おび》えきっているかと思いきや、明らかに高揚しているように見えたからだ。

高木や晃も澪と同様に戸惑う中、伊原が慌てて軽く会釈をした。

「よ、よろしく。僕が萌の兄で、伊原充《みつる》です。で、こっちの三人が心霊調査をしてくれる、新垣さん、溝口くん、高木くん。夏希ちゃ……高梨さんのことは、よく聞いてるよ。妹がいつもありがとうね」

「こちらこそ、よろしくお願いします。っていうか、別に夏希ちゃんでいいですよ、お兄さんも、皆さんも」

「……君から許可が出ると気が楽だよ。さっきは徳島先生からすごい目で見られたから」

「ああ、徳島先生は心配性だし真面目なので。じゃ、早速案内しますね！　霊が出る教室は三階です。ここは真逆の端っこにあるので少し歩きますけど、まずは上の階へ行きましょう！」

夏希は伊原の言葉をサラッと笑い飛ばし、早速すぐ傍にある階段を上りはじめる。

そのハキハキとした態度には好感が持てたけれど、想像していた感じとあまりに違いすぎて、澪は正直困惑していた。

「あの……、夏希ちゃん。幽霊が出るようになって、ずいぶん困っているって聞いていたんだけど……」

気になって尋ねると、夏希は振り返り、はっきりと頷《うなず》く。

「はい、すっごく困ってますよ。霊が出る教室は生物教室なんですけど、あれ以来皆がソワソワして授業にならないので。こっちは模試に向けて余裕がないっていうのに」

「えっと、困ってるってそういう意味……？」

「そういう……？」

「いや、すごく怯えているのかと思っていたから」

「あー……、もちろん怖いっちゃ怖いんですけど、それよりも成績が落ちる方が深刻ですから。新歓祭が終わって気持ちを切り替えたいのに、このままじゃ、そうもいかなくて。だから、すごく楽しみにしてたんです。霊を追い払ってくれるって聞いて」

「なる、ほど……」

夏希の話を聞きながら、澪は、次郎がここにいなくてよかったと心底思っていた。

次郎なら、とっくに依頼を放棄して帰っていただろうと。

「な、なんか、萌から聞いてた話とちょっとニュアンスが違うなぁ……」

伊原も同じことを思ったのだろう、明らかに戸惑いの滲《にじ》む声でそう呟いた。

すると、夏希は少し考えた後、なにかを思い出したように頷く。

「そういえば、萌はすごく心配してくれてましたね。前に幽霊で怖い目に遭ったことがあるとかで……、私は大袈裟《おおげさ》だって言ったんですけど、なんとかしてくれる人がいるからって言ってくれて。優しいですよね、本当に」

その話を聞いた瞬間、どうやら今回の件は、当事者の夏希というより萌の過剰な心配から発生したことのようだと、澪は密《ひそ》かに理解していた。

萌はかつて怖ろしい目に遭っているし、親友から霊のことで相談を受け、さぞかし焦ったのだろうと。

同時に、たとえ夏希がさほど困っていなかったとしても、萌の心配が解消されるならそれで良いかとも思えた。

「まあ、……萌ちゃんのために、頑張りますか」

いまだ困惑している伊原にこっそりそう伝えると、伊原は小さく瞳を揺らす。そして。

「……ありがとう」

萌の話題のときにしか見せない、兄の表情を浮かべた。

やがて澪たちが辿《たど》り着いたのは、三階の一番端にある生物教室。

向かいながら夏希が語った話によれば、この校舎には特別教室しかないため、新歓祭などのイベントごとは、体育館とこの校舎をメインに開催するらしい。

そして、この校舎だけは他の二棟と比べて古く、唯一、五十年前の創立当時からあるとのことだった。

「――で、徳島先生は生物担当だし、生物部の顧問もしてるので、この校舎の管理を任されてるんです。だから、霊を追い払うために第六リサーチさんを呼べないかって相談したときに、耐震調査ってことにすればなんとかなるかもっていう案を考えてくれたんです。……っていうのが、ここ最近たまたま一部の教室のドアが開き辛《づら》くなっていて、先生たちの間で校舎の歪《ゆが》みが話題になっていたらしくて。で、実際に耐震調査を依頼するつもりだったたから、ちょうどよかったって言ってました」

「なるほど……」

夏希がくれた簡潔でわかりやすい説明に、澪は、さすが進学校だと感心する。

一方、晃は小さく肩をすくめた。

「にしても、徳島先生ってすごく生徒思いなんだね。幽霊なんていないって一蹴《いっしゅう》する先生の方が圧倒的に多そうだけど」

晃が口にしたのは、澪も薄々感じていた疑問。

するると、夏希は苦笑いを浮かべた。

「まあ、生徒から勉強に影響するって言われちゃうと、放置できないんじゃないですか？……それに、なにより先生が一番怖がってたから」

「そう言えば、伊原さんがこの話を持ってきたとき、そんなこと言ってたね。担任が生徒以上に怖がってるって」

「言ったけど、萌から聞いた話だから夏希ちゃん発信でしょ？」

伊原が質問を返すと、夏希は頷く。

「ですね。だって、頑張って平気なフリしてもバレバレなんだもの。なんか、この学校に赴任したばかりのときに嫌な噂を聞いたとかで……、それを今も怖がってるみたいですよ」

「嫌な噂？」

「はい。私は興味がないから内容をあまり知らないんですけど、ただ、この学校で実際に起こった事件が噂の元になってるみたいです」

「実際に起こった事件……」

「──お待たせしました」

不穏な話を聞いた瞬間に声をかけられ、澪は思わず肩をビクッと震わせる。

振り返ると、徳島が申し訳なさそうに会釈をした。

「驚かせてすみません……、この校舎は声が響くので」

「い、いえ」

「では、ここからは私が案内します。高梨さん、もう帰って大丈夫よ」

「え、だけど、友達からお兄さんをよろしくって」

「後は私に任せて。それに、あなたは勉強があるでしょう」

「でも、今日は最初からそのつもりでいたし……」

「いいから。暗くならないうちに」

「……わかりました。なら、お兄さん、皆さん、後はよろしくお願いします」

徳島から帰るよう言われた夏希は、澪たちにそう言って頭を下げ、渋々ながらもその場を後にする。

やがて階段を下りていく音が聞こえなくなると、晃がわざとらしく首をかしげた。

「ずいぶん強引に帰すじゃん。いたら困る理由でもあるの？」

「い、いえ、本当に勉強が大変な時期なので……。そもそも、顔を出す必要もないと言っていたのですが、友人のお兄さんだからどうしてもと」

「へぇ」

「で、では、案内しますね」

徳島の説明に特別不自然な点はなかったけれど、晃はなにかを感じ取ったのか、やけに楽しげにニヤニヤと笑う。

そして、ようやく生物教室に着くと、徳島は戸の手前でぎこちなく立ち止まり、振り返った。

「こ、こちら、です」

その声はわかりやすく動揺していて、晃が堪えられないとばかりに笑う。

「なるほどねー。確かにバレバレだわ」

「な、なんの話でしょうか」

「自分が怖がってるところ、担当する生徒に見られたくなかったんでしょ？」

「…………」

徳島が目を見開いた瞬間、ようやく澪は会話の意味を察した。

「あ、そういうことですか……」

澪が一人で納得する中、晃はさらに言葉を続ける。

「でも、残念だけどしっかりバレてるよ。だいたい、先生が一番怖がってるって話は、依頼を受けたときに伊原さん経由で聞いてたし」

「高梨さんが、そんなことを……？」

「うん。まぁ、威厳を保つって意味でも、気丈に振る舞いたい気持ちはわかるけどさ。ただ、もう僕らしかいないんだから、無理せず怖がって大丈夫だよ」

「…………」

徳島はしばらく顔を強張《こわば》らせていたけれど、もはや誤魔化しても無駄だと察したのか、やがて深い溜《た》め息をつく。そして。

「……本当に、苦手でして」

そう言いながらがっくりと肩を落とす徳島を見て、澪はなんだか気の毒になった。

「そんなに落ち込まなくても、それが普通ですから……」

慌ててフォローを入れたものの、徳島は首を横に振る
「いえ、生徒にバレてたなんて、情けないです。実は子供の頃から、ホラー映画はおろか、怖いアニメも観られないくらい重症で。実際に幽霊が視えたことなんて、一度もないのに」

「視えない方が、逆に想像が膨らみますし……」

「ええ。すべてただの想像です。……だから、こんなの上手《うま》く隠せるだろうと思ってたんです。でも、まさか一番古くて不気味な校舎に常駐することになるなんて……。しかも、生徒たちの降霊術で実際に幽霊が出たなんて聞いたものだから、もう毎日毎日怖ろしくて……」

「なるほど。だから、夏希ちゃんからの心霊調査の提案に乗ったんですね。……ついさっき、ずいぶん理解がある先生だねって話していましたて」

「ええ。……なにせ、一番困っていたのは私ですから。ただ、実際に調査に来ていただくにあたり、かなり無理をしました。結局、学校に虚偽の申請をすることになり、それはそれで神経がすり減って……」

「お、お察しします……」

弱音を吐く徳島からは、もはや最初に会ったときに感じた生真面目な印象が薄れ、なんだか人間味が感じられた。

ただ、その方がずっと親しみやすく、澪は徳島に笑いかける。

「ちなみに、怖がりっていうのは気にしなくて大丈夫ですからね。なにせ、ここにいる全員……いや、さっきから失礼なことばかり言ってる溝口以外は皆怖がりですし」

「そ、そうなんですか？　心霊調査をやっているのに……？」

「はい。でも、心配はいりませんよ。徳島先生が安心してこの校舎で過ごせるよう、必ず霊をなんとかしてみせます。こう見えて、私たちには多くの経験と実績がありますから！」

目の前で拳《こぶし》を握ると、晃が横に並んでそれを真似る。

すると、徳島は少しほっとしたのか、ようやくわずかに笑みを浮かべた。

「心強いです……。実は直前まで迷っていたんですけど、お願いしてよかったです。改めて、よろしくお願いいたします」

「お任せください！」

正直、澪には、まだ現場の確認すらしていないのに、こんなに高らかに解決宣言をしてもいいものだろうかという不安もあった。

けれど、生徒の前で気を張っていた徳島の努力と心労を思うと、安心させてあげたいという気持ちがつい先行してしまった。

澪は力強く頷《うなず》いたその勢いのまま、生物教室の戸の前に立つ。

しかし、取手に手をかけた、瞬間。――全身にゾクッと悪寒が走り、思わず動きを止めた。

「…………」

「どうしました……？」

「あ、……いえ」

確かに、なにかがいるようだ、と。

笑顔を繕いながらも、澪は察する。

同時に足元にマメが現れ、耳をぴんと立てて警戒を露《あら》わにした。

ただ、怖がりな徳島に幽霊のペットがいるなんて言えるはずもなく、澪は黙ってマメと視線を合わせ、ゆっくりと引き戸を開ける。――瞬間。

窓も開いていないのに、教室の中からひんやりとした風が流れ出て、たちまち全身に鳥肌が立った。

同時に、教室の中から感じ取れたのは、長い年月をかけて練り上げられたと思《おぼ》しき無念と思い残し。

とはいえ、それは事前に想定していた通り、身構える程に強いものではなかった。

「……どう？　澪ちゃん」

「あー……、うん」

一応気遣って曖昧《あいまい》に頷いたものの、ふと振り返ると、真っ青な顔をした高木と目が合う。今からこんな状態では、もはや適当に誤魔化したところですぐに限界がくるのは明白だった。

「や、やっぱり、この中に霊がいるんですか……？」

「えっと……、まあ、はい」

直接的な問いに、澪は観念して頷く。――しかし。

「ちなみに、その霊はやはり噂の殺人鬼なのでしょうか……」

徳島が震える声で口にした物騒な言葉に、澪は思わず眉根《まゆね》を寄せた。

「殺人鬼……？」

澪と晃の声が重なり、徳島が驚いたように瞳《ひとみ》を揺らす。

「ああ……、噂の話は、高梨さんからはまだ……？」

その言葉でふと思い出したのは、さっきは中断して聞けなかった、学校に流れているという噂の話だった。

「そういえば、さっき夏希ちゃんが少し話してました。でも、彼女はその内容まではよく知らないようで」

「なるほど……。無関心でいられるくらい肝が据わっていて、羨《うらや》ましいです。では、私からお話ししても……？」

「是非お願いします。でもその前に、ここから少し離れましょう。高木が気配に当てられちゃってるので」

澪は教室を確認する前にその話を聞いておこうと、一旦《いったん》生物教室の戸を閉め、全員で気配が届かないところまで廊下を戻る。

そして、高木の顔色が戻ったことを確認すると、徳島に話の続きを促した。

徳島は、憂鬱《ゆううつ》そうながらもゆっくりと口を開く。

「実は、もう何十年も前のことなのですが、この学校に勤めていた教師が物騒な事件を起こしたらしく――」

徳島が語ったのは、さっき夏希が話していた通り、五十年前の合原高校創立当時の出来事。

当時教鞭《きょうべん》を執っていた福本信二《ふくもとしんじ》という名の社会科教師が、保険金を目当てに妻や兄弟や子供にいたるまで、次々と事故に見せかけて殺すという残酷な事件が起きたのだという。

福本は事件発覚後に逃走したが、事件は連日各メディアから大きく扱われ、逃げきれないと察したのか、結局自殺を図ったらしい。

そして、その遺体が発見された場所が、当時の福本が担当していたという三年一組の教室。

ちなみに、当時の三年一組の教室というのが、現在は徳島が管理している生物教室にあたるという話だった。

「……怖がりにしては、そんなやばい場所を普通に使ってるんすね」

話を聞き終えた伊原が、引き気味に徳島に尋ねる。

すると、徳島は苦笑いを浮かべ、さらに話を続けた。

「それが……、あくまで噂ではそうなっているんですが、実は事実は少し違っていて、実際に遺体が発見されたのは教室ではなく、校舎の裏の桜の木なのだそうです。……そこで、学校の備品の縄を使い、首を吊《つ》っていたとか。裏庭にその木はもうありませんが、過去の記事を調べたので確かな情報です」

「あ、そうなんだ？　つまり、五十年かけて内容が変化して、より不気味な話にバージョンアップしたってことね。……まあ、よくある話か。高校の生徒たちなんてたった三年で入れ替わるわけだし、そうなると内容なんてどんどん曖昧になっていくんだろうし。そもそも学校の怪談なんて、高校生にとってはエンタメでしかないもんね」

伊原の推察に、皆が同意する。――けれど。

「でも、その福本という教師が使っていた教室が、今の生物教室の場所にあたるっていう話は事実なんですよね？」

澪がそう尋ねると、徳島はやや憔悴《しょうすい》した様子で頷いた。

「はい。知ったときは絶望しましたけど、私のような若手が教室の場所を変えてほしいなんてとても言えませんでした。それに、耐震調査の結果如何《いかん》で別の校舎に移るかもしれないという小さな希望もあり、なんとか我慢していたんです。ただ、そんな希望にのん気に縋《すが》っていられたのも、教室に実際に霊が出る前までの話で。しかも、生徒たちが霊の正体を福本だと、――〝連続殺人鬼の亡霊〟とわざわざホラー映画のような異名まで付けて騒ぐものですから、毎日毎日本当に怖くて……」

「それで、さっき私に殺人鬼の霊かどうかを聞いたんですね」

「はい。遺体が見つかったのは裏庭でしたが、福本は現にあの教室を使っていたわけですし……。出るとすれば福本以外にいないのではないかと……」

「なるほど」

ようやく〝殺人鬼〟の意味を理解したものの、澪は、この依頼は想定していた程単純な案件ではなかったらしいと察する。

ただ、だからといって仕切り直す程でもなく、澪はひとまず一人で生物教室へ向かうことにした。

「とりあえず、時間もないので一旦教室を確認してきます」

「え、お一人で……？」

「ついでにお札で結界を張って安全地帯を作ってきますから、そこで待っててください。……みんなも、ここにいて」

「ちょっと待……、結界……？」

戸惑う徳島を他所《よそ》に、澪は次郎から預かったお札を手にし、ふたたび生物教室の戸を開ける。

背後から、伊原の「あの人が怖がりって嘘だから」という言葉が聞こえてきたけれど、澪は気にせず教室の中へと足を踏み入れ、周囲をぐるりと見回した。

相変わらず気配は明確にあり、マメも酷《ひど》く警戒しているが、お札を手にしているせいか霊障の影響はなく、澪はほっと息をつく。

ただ、現時点では霊の正体が福本かどうかまではわからなかった。

澪はとにかく結界を張ろうと、教室の後部の床にお札を円形に並べる。

「なんだかそれ、久しぶりに見たかも」

ふと、晃が教室の中を覗《のぞ》き込みながら、楽しげにそう呟《つぶや》いた。

確かにここ最近、結界でどうにかなるレベルの案件はなく、そう考えると、晃や高木が懐かしむ気持ちもわからなくはなかった。

ただし、今もなお、自分たちが置かれている状況が緊迫していることは否めない事実であり、澪は複雑な気持ちで頷《うなず》く。

「そうだね。……でも、この件はなるべく早く終わらせなきゃ」

「まあそう焦らずに、肩の力抜いてやろうよ。それに、今日の澪ちゃんはいつもに増して逞《たくま》しいから、どうせすぐ終わりそうだし」

「別に、逞しくなんてないし」

「逞しいよ。部長さんだってあっさり送り出したじゃん。前はそんなことなかったでしょ？」

「それは……、そうだけど、でも今回は――」

「でもは禁止。とにかく、澪ちゃんは自分の自己評価をあまり参考にしないこと。僕に言わせりゃ低すぎるから」

「……………」

晃は、口を噤《つぐ》んだ澪を見て可笑《おか》しそうに笑った後、廊下にリュックを下ろして早速機材の物色をはじめた。

「とにかく、まずは作戦会議だね。どのカメラ使おっかな」

そのずいぶん楽しげな様子にやれやれと思いながら、澪は結界を張り終えると、教室を出る。

そして、晃が言ったように、ひとまず全員で打ち合わせをすることにした。

議題は言うまでもなく、今回の霊の対策について。

次郎はお札を使って追い出すだけでいいと言っていたが、もし霊の正体が福本であり、この場所に強い因縁を持っている場合は、お札で一時的に追い出してもまた戻ってきてしまう可能性がある。

こういった場合の最善な方法としては、霊と対話を試みて思い残しの原因を探り、可能ならばそれを軽減させること。

正直、ここまで本気の調査になる予定ではなかったけれど、すでに廊下に機材を並べはじめている晃からすれば、どうやら想定内のようだ。

ただ、澪としては、どうも気が乗らない理由があった。

それは、霊の正体が福本だった場合の、会話の持っていき方。

というのは、澪には福本に対して共感はおろか、寄り添えるポイントを見つけられる気がまったくしていなかった。

「……身内をたくさん殺して、逃げきれなくて自殺して、思い残したものってなんなんだろう」

思わず呟くと、伊原が苦笑いを浮かべる。

「聞いた話から想像する限りは、せっかく大金を手にしたのに身内殺しがバレちゃって、死を選ばざるを得なかった無念……って感じ？」

「なにそれ……。知りませんよ、そんなの」

「知らないって言われても」

「完全に自業自得ですし」

「わかるんだけどさ……」

「こうも共感できないと、たとえ会話が叶《かな》っても説得しようがないです」

「それも、わかるんだけどさ……」

伊原を困らせていることはわかっていたけれど、事実、共感できない無念を会話によって晴らしてやるなんて、かなりの難題だった。

しかし、そのとき。

「澪ちゃん、俺も付き合うから、とにかく一度接触してみるっていうのはどう？　話を聞くだけ聞いてみて、どうしても理解に苦しむようなら、一旦《いったん》持ち帰って次郎に任せればいいんだし」

ふいに言葉を挟んだのは、しばらく静かに聞いていた高木。

その宥《なだ》めるような言い方に、苛立《いらだ》ちがスッと萎《しぼ》む。

「次郎さんに相談したって、中止にするって言われるだけですよ……」

「大丈夫だよ。あんな言い方してたけど、一度首を突っ込んだ依頼からそうあっさり手を引く程薄情じゃないから。だいたい、あの次郎が無料で請けたんだよ？　それで引き下がったら、さすがに恰好《かっこう》つかないでしょ」

「それは……」

「ね。だから、やるだけやらない？　駄目元くらいの気持ちで」

高木にそこまで言われてしまうと、澪に拒否できるわけがなかった。

ずいぶん乗り気な態度は気になったものの、結局澪は渋々ながらも首を縦に振る。

「そうですね……。じゃあ、とりあえずやるだけ……」

そう言うと、端で縮こまっていた徳島がほっと息をついた。

「よろしくお願いします……。生徒がおかしなことをしてしまったせいで、本当にすみません……」

「い、いえ！　徳島先生に謝っていただくようなことでは……！　むしろ、余計な話を聞かせてしまってすみません……」

「とんでもないです。……それより、あの」

「はい？」

「新垣さんは、霊と話せるんですか……？」

「えっ……、あ……」

　こわごわと問いかけられた途端、澪は、徳島の前でなんのオブラートもなく霊との会話について語っていたことを思い出した。

　さぞかし怪しまれてしまっただろうと瞬時に後悔が過《よぎ》ったけれど、もはや今さら手遅れで、澪は仕方なく頷く。

「まあ……、その、少し……」

　しかし、徳島はむしろ感心したように目を輝かせた。

「凄《すご》いですね……！　正直、こうしてお話を伺うまでは、祈禱《きとう》して追い払うような想像をしていたんですけど、まさかそんな方法があるなんて」

「い、いえ、そんなたいしたことでは……。それに、さっき話していた通り、今回は上《う》手《ま》くいく自信もありませんし」

「だからこそ逆に、すごくリアルだなと思ったんです。本当に、人と同じように接するんだなって。人との交渉だって共感できなければ決裂しますし、その話を聞いて、より信憑性《しんぴょうせい》を感じたというか」

「そ、そう、ですか？」

思わぬ勢いに圧倒される澪を見て、晃が可笑しそうに笑う。

「霊だって、元は人だからね。で、澪ちゃんの中では、その前提がずっと前から少しも揺らいでいないんだよ。だからこそ、危険だってわかってても向き合おうとするし、逆に理解できない可能性も過るんだろうし」

「それは良く言い過ぎだけど……」

「もっと良く言ってもいいくらいでしょ。事実、そんなこと他の誰にもできないんだから」

「…………」

普段から褒められ慣れていないせいで、ついつい目が泳いだ。

すると、今度は伊原がニヤニヤしながら澪を見つめる。

「俄然《がぜん》やる気が出たみたいで、なによりです」

言い方は腹立たしいが、事実、澪のモチベーションはさっきよりも明らかに上がっていた。

「……とにかく、始めます。あまり時間ないんだから」

ぶっきらぼうにそう言うと、高木と晃が同時に笑う。

その声を聞きながら、――確かにこの空気はどこか懐かしいと、澪は密《ひそ》かに思っていた。

た。

調査を開始したのは、十八時少し前。

方法は、結界の中で霊が現れるのを待つというごく基本的なもので、今回は場所をすでに特定しているぶん楽だが、ひとつ大きな問題があった。

それは、あまりにも、時間が限られていること。

仮にも耐震調査という名目で校内に立ち入っている澪たちが、夜中まで滞在するわけにはいかない。

徳島によれば、最大限に引き延ばしたとしても二十三時が限度だという。

いつもの調査ならそこからが本番と言っても過言ではなく、かなり不安だったけれど、すでに気配があることや、明るい時間での目撃例の多さを信じて待つしかなかった。

ちなみに、結界の中で霊を待つ役割を担ったのは、澪と高木。

高木は霊障に対しておそろしく敏感であり、しかもその特性は結界の中にいてもなお完全には消えず、まさにこういうときに重宝する逸材と言える。

そして、廊下では晃と伊原と徳島が、モニターを観ながら待機することになった。

一応、怖がりな徳島の心情を案じ、調査が終わるまで自分の仕事に戻ってくれて構わないと伝えたものの、外部の人間が校内に立ち入る際は必ず付いていなければならない決まりがあるとのこと。

重ね重ね不憫《ふびん》だが、全国的に学校のセキュリティ強度が上がり続けている現代において、それは無理もなかった。

澪はひとまず定位置につくと、膝《ひざ》の上のマメを撫《な》でながら、落ち着きなく教室を見回す。できるだけ早く現れてほしいという気持ちが態度に出すぎていたのだろう、横で高木が小さく笑った。

「待ちきれないって感じだね」

「すみません……、ついソワソワしてしまって」

「いや、全然。ただ、昔の澪ちゃんなら心配になるくらい怯《おび》えてたと思うから、ずいぶん成長したんだなって。まぁ、あれからいろんなことがあったからね。……あまりにも、いろんなことが」

「そう、……ですね」

頷《うなず》きながら、澪はこれまでに乗り越えてきたさまざまな困難を思い浮かべる。しかし。

「懐かしいよ。……本当に」

もはや何度目かわからない「懐かしい」という呟《つぶや》きを聞いた途端、澪の脳裏に突如、小さな疑問が浮かんだ。

高木はこの間から、どうしてこうも思い出に浸るのだろうと。

あくまで澪自身の経験から言えばであるが、やたらと懐古的な気持ちになるときというのは大概、近い未来になんらかの、――自分の今後を左右するくらいの大きな不安を抱えているときだったりする。

「……なにか、おかしなことを考えていませんか」

嫌な予感に煽《あお》られるようにして口から零《こぼ》れたのは、ずっと心に留《とど》めていた問いだった。

次郎は、高木の不穏な動きを察していながらも「信用してほしい」という言葉を信じ追及する気はないようだったけれど、澪はあれ以降ずっと気にしていた。

しかし、高木は動揺ひとつ見せず、小さく首をかしげる。

「おかしなこと？」

「…………」

そのあまりにも自然な反応を見て、澪は、どうやら澪に打ち明ける気はまったくないらしいと察した。

高木は意外と感情が素直に顔に出るタイプだが、肝心なときは逆に不自然なくらいに完璧《かんぺき》に繕えることを、澪はよく知っている。

だからこそ逆に、それ以上踏み込むことができなかった。

「……なんでも、ないです」

視線を落とすと、微妙な沈黙が流れる。

積もりに積もったもどかしさのやり場がなく、澪はこっそりと溜《た》め息をついた。

すると、そのとき。

「……なんかさ」

突如、高木が口を開く。

咄嗟《とっさ》に顔を上げたものの、高木は目を合わせることなく、まるでひとり言のように言葉を続けた。

「最近、ときどき母親のことを考えるんだ。高木家の方じゃなくて、高橋《たかはし》家の、……俺を産んだ母のことをね」

「え……？」

訥々《とつとつ》と語ったのは、高木の実の母親のこと。

高木は普段から自分の生い立ちについてほとんど語らないが、澪は以前、仁明が高木と同じ高橋家の血脈であると判明したときに、本人の口から一度だけ、家族に関する衝撃の事実を聞いた。

具体的な内容としては、かつて祖母と母親が高橋家から夜逃げしたことや、その後に母親が消息不明となったこと、さらに、祖母が亡くなった後に高木家に養子に入ったことなど。

それらはあまりにも壮絶すぎて、少なくとも調査中の雑談として話すようなものではなく、澪には、突然語り出した高木にいったいどんな相槌《あいづち》を打てばいいのかまったくわからなかった。

しかし、高木はそんな澪を他所《よそ》に、さらに続きを口にする。

「正直、俺は母のことを全然覚えていないし、なんとも思っていないんだけど、……最近、なにを考えていたのか知りたいと思うようになって。まあ、俺自身はね、ただの無責任な人だったって思ってる方が、ずっと平穏でいられるんだけど、……なんか急にさ、なんていうか、……気になって」

「高木さん……」

途切れ途切れの言い方から高木の戸惑いが伝わり、なんだか胸が締めつけられた。

急に母親のことを語り出した理由は依然としてわからないけれど、きっとなにか意味があるのだろうと、澪は黙って耳を傾ける。

けれど、高木は結局それ以上続きを口にすることなく、突如、我に返ったように瞳《ひとみ》を揺らした。

「あれ……、なんか、変な話しちゃってるな……。困るよね、急にこんな……」

「そんな、全然……！」

「いや、俺ちょっと変かも。澪ちゃんと一緒だと、つい気持ちが緩むんだよね……。意味わかんなかったでしょ、本当にごめ……」

「──誰かから、聞いたんですか？……お母さんのこと」

最後まで言わせなかったのは、言い終えた瞬間にせっかく緩んだ心を閉じられてしまう気がしたからだ。

現に、高木の瞳には、さっきとはうってかわって動揺が滲《にじ》んでいた。

しかし高木は質問に答えず、不自然に視線を逸《そ》らす。

その様子を見て、さっき投げかけた問いは核心を衝《つ》いていたらしいと、澪は密かに確信した。

ただ、高木自身がまったく興味を持たなかった母親について語る人間がいるとすれば、身内以外に考えられない。

とはいえ高木を育てた祖母は亡くなっているため、該当する人間として思い当たるのは、たった一人——高木の祖父にあたる高橋達治《たつじ》のみ。

まさか今も連絡を取り合っているのだろうかと、——しかし憎んでいたはずではと、どんどん先に進んでいく推測に頭の中が混乱していく。

すると、そのとき。

「ごめん、澪ちゃん。……それ以上聞かないで」

高木は、とても苦しそうにそう呟いた。

その声から伝わってきたのは、決して拒絶ではなく、切実な懇願。むしろ、これ以上聞かれたら全部言ってしまいそうだという戸惑いすら感じられた。

そんな言い方をされてしまうともうなにも言えず、途端に、様々な仮説で埋め尽くされていた頭の中がスッと凪《な》いでいく。

もしかすると、高木から「信じてほしい」と言われた次郎もこんな気持ちだったのだろうかと、澪はふと考えていた。——けれど。

「わかりました。今は聞きません。……でも、私はただ信じて待ってるなんて、できませんからね」

気付けば、澪は衝動のままそう口にしていた。

その瞬間、高木の目が大きく揺れる。

「澪ちゃん……」

「信じる信じないじゃなく、心配だと思えば私は動きます。誰がなんと言おうと、どんなに止めたって無駄です」

「ちょっと待っ……」

「今のはひとり言なので、高木さんこそなにも聞かないでください」

「………」

「それにしても現れませんね、霊」

澪は一方的に宣言すると、もうこの話は終わりだとばかりに、強引に調査の話題に戻した。

すると高木はしばらく沈黙し、やがて諦《あきら》めたように頭を抱える。

「たまに、子供みたいに頑固になるよね……」

「子供で結構です」

「……澪ちゃんってほんと、いつもどんなときも澪ちゃんなんだよなぁ」

「どういう意味ですか？」

「聞かないで、ひとり言だから」

「……………」

さっきの仕返しをされ、澪はもどかしさのやり場に困り、強引にマメを抱きかかえる。

ただ、結果的に核心に触れることはなにも聞き出せなかったにしろ、まるで戯《じゃ》れ合いのような高木との会話に、澪は不思議な居心地のよさを覚えていた。

言いたいことを言ったせいか気持ちが少しだけスッキリし、澪は改めて教室の気配に集中する。

しかし、肝心の調査に関してはまったく進展がないまま、時刻はあっという間に十九時半を回った。

廊下で待機している晃たちがなにも言ってこないところをみると、映像にも異変はないのだろう。

最初から気配があっただけに肩透かしで、澪は次第に焦りを覚えはじめた。

「それにしても、なにも起こりませんね……。もう時間があまりないのに」

「うーん……、気配は相変わらずあるんだけどな。姿を見せてくれないことには、どうしようもないし」

「せめて、霊の正体が福本さんかどうかだけでもわかれば……。違うなら、次郎さんから言われた通り、お札で別の場所に誘導するだけで済みますし。ただ、福本さんだった場合はいろいろ不安だらけですけど」

「さっきの、共感できなきゃ説得もできないって話？」

「……です」

頷《うなず》くと、高木はしばらく黙って考え込む。

そして、ふと、澪に意味深な視線を向けた。

「でも、澪ちゃんは優しいから、なんだかんだで同情できるポイントをひとつくらい見つけるんじゃない？」

「殺人犯からですか……？」

「今は無理だって思ってるだろうけど、結局残酷になりきれないのが澪ちゃんだから。まぁそれは美点でもあり、周りからすればもどかしい点でもあるんだけど」

「……私、残酷になりきれない人間なんでしょうか」

「さっきも言ったけど、優しいからね。ちなみに、こんな奴死んじゃえばいいのにって思ったことある？」

「死んじゃえばいいのに……？」

そのときの澪は、問われた内容を考えるよりも、あまりにサラリと、――さも自分はあると言わんばかりに口にした高木に少し驚いていた。

一方、高木は澪の沈黙を否定と理解したのか、穏やかに笑う。

「ね、ないでしょ」

「ない……んでしょうか」

「なにか心当たりでも？」

そんな経験はないと、心の中にははっきりと否定している自分がいた。――けれど、もっとずっと奥の方で、高木からの問いに呼応するように疼《うず》きはじめた感情に、澪は気付いていた。

しかし、その感情の正体は掴《つか》みどころがなく、だからといって深く追及するのもなんだか怖ろしく、澪はひとまず首を横に振る。――しかし。

「……ないです」

ないと口にした瞬間、不思議な後ろめたさを覚えた。

心の中では、さっき自覚したばかりの謎の感情が、じわじわと、しかし確実に膨らんでいく。

まるでずっと閉じ込めていた魔物を呼び覚ましてしまったかのような感覚に、無意識に体が震えた。

「……澪ちゃん？」

様子のおかしさに気付いたのか、高木がそっと肩に触れる。

しかし、――大丈夫ですと言いかけた、まさにそのとき。

辺りにバチンと大きな音が響くとともに、教室を漂っていた気配が大きく膨張した。

『グルル……』

途端にマメが澪の腕の中からひらりと抜け出て、低い唸《うな》り声を響かせる。

そして。

『──澪ちゃん、今モニターの映像が大きく乱れたから、気をつけて』

インカムから、晃の声が響いた。

どうやら現れたようだと、澪は一度ゆっくりと深呼吸をする。

ただ、気配が何倍にも膨張したとはいえ、それでも、これまで遭遇してきた霊と比べれば、たいして強力なものではなかった。

なにより、いつもならすぐに電源が落ちる携帯や、インカムの通話には、今のところ影響はない。

もっと言えば、霊障に敏感な高木にも、目立った影響が出ているようには見えなかった。

「高木さん、大丈夫ですか？」

念のため確認すると、高木は小刻みに首を縦に振る。

「ま、まだ、今のところは……。ちょっと寒いくらいで……」

澪はその返事に安心し、周囲に注意深く視線を巡らせた──そのとき。

突如澪の視界に入ったのは、教室の正面の黒板沿いを右から左にゆっくりと移動する、奇妙な人影。

それはほぼ透明であり、かなり注意して見ないとわからない程度だったけれど、その人影越しに見る教室の風景が不自然に歪《ゆが》んでいた。

「晃くん、黒板の前になにか映ってる……？」

霊は多くの場合肉眼よりも映像の方が姿を捉《とら》えやすいため、澪は確認の目的で尋ねる。

しかし。

「うーん……、確かにその辺りだけ不自然に歪んで見えるけど……、はっきりとは映ってないかも」

戻ってきたのは酷《ひど》く曖昧《あいまい》な回答だった。

ただ、それを聞いた瞬間から、やはりこの霊にさほど強い警戒は必要ないと、澪は確信していた。

「……わかった」

澪は頷くと、その場からゆっくり立ち上がる。

そして、なにごとかと見上げる高木を他所《よそ》に、躊躇《ためら》いなく結界の外へと足を踏み出した。

さすがに結界を出ると空気が冷たく、澪は両手で体を摩《さす》る。

「み、澪ちゃん……？」

高木から戸惑いがちに名を呼ばれ、澪は振り返って力強く頷いてみせた。

「大丈夫そうです。ただ、かなり気配が弱いので、もっと近寄ってみます」

「え、待っ……」

「高木さんは結界の中にいてくださいね」

「ちょっ……、澪ちゃんどうしちゃったの……？」

酷く動揺する高木の気持ちも、わからなくはなかった。

年々感覚が麻痺《まひ》し、ずいぶん無茶をするようになったとはいえ、いつもの澪ならもっと怯《おび》えていてもおかしくないからだ。

ただ、これは慣れでも、ましてや相手の気配の弱さを舐《な》めていたわけでもない。

むしろ、この異様なまでの肝の据わり様に関して、澪自身にも明確な理由がわからなかった。

しかし、あえて言うならば、高木との会話の中でふいに自覚した正体不明の感情に、煽《あお》られているような感覚があった。

『澪ちゃん、どうした……？』

晃も違和感を覚えたのだろう、インカムを通じて心配する気配が伝わってくる。

しかし、澪は首を横に振り、ただまっすぐに霊へ向かって足を進めた。

「大丈夫。とりあえず、早く正体を確認したいから」

『いや、……まあ、そうなんだけど』

あくまで計画の範疇《はんちゅう》だからか、晃はなにか言いたげながらも結局は「わかった」と同意する。

すると、少し先を歩いていたマメが振り返って澪を見上げ、一度大きく尻尾《しっぽ》を振った。

おそらく、目の前にいると教えてくれているのだろう。澪は頷き、霊との距離をさらに詰める。──そのとき。

ふらふらと揺れながら壁沿いを移動する霊の首元から、なにやら細いものが垂れ下がっていることに気付いた。

その長さはちょうど床に着く程度で、霊の動きに連動し、ゆっくりと揺れている。

「なんか、細いものが……、これって、縄……？」

それはただの勘だったけれど、思いついたまま呟《つぶや》くと同時に、徳島から聞いた福本の最期、――桜の木で首を吊《つ》って死んでいたという話が、鮮明に頭に蘇《よみがえ》ってきた。

だとすれば、この霊はやはり福本本人だと澪は確信する。

この教室に執着している時点で十中八九そうだと思ってはいたけれど、首を吊った形跡は、澪にとってこれ以上ない決め手だった。

「福本さん、ですね……？」

澪はひとまず会話を試みようと、おそるおそる声をかける。――瞬間、辺りの空気がビリッと振動した。

思えば、このときの澪は、いつもならそう簡単に反応を得られることなどないという経験上、少し油断をしていたのかもしれない。

だからか、――その直後に起こった気配の膨張に反応する間もなく、気付けば澪の体は床に倒れ、福本と思《おぼ》しき霊に両肩を押さえつけられていた。

痛みに悶《もだ》えつつ目を開けると、間近に迫る福本と目が合い、ドクンと心臓が揺れる。

その視線に、さっきまで感じていた弱々しさはなかった。

混乱しつつも辺りに視線を巡らせてみると、教室の風景はただの薄暗い空間に変わっていて、どうやら、今の一瞬の間に福本の意識の中に引き込まれてしまったらしいと澪は察する。

ただ、心の中は、逆に不気味なくらいに静かだった。

福本の首には縄が食い込み、顔は青黒く変色し、目や口からは血なのか体液なのかわからないものが溢《あふ》れ出て、いつもなら即座にパニックを起こしかねない恐ろしい姿を前にしても、なお。

この感情はいったいなんなのだろうと、澪はふたたび思考を巡らせる。

けれど、一向に答えを導き出せないまま、突如、福本が口を開いた。

『――な、い』

響いたのは、そのたったひと言。

――ない……？

声は出ず、心の中で問い返すと、福本の手がビクッと反応した。

おそらく、意思疎通が叶《かな》うことを察したのだろう。

その異常なまでの反応の速さから考えて、よほど強く訴えたい思い残しがあるのだろうと澪は思った。

――なにかを、捜しているんですか……？

この様子なら、想定していたよりもずっと話が早そうだと、澪はさらに追及を続ける。

しかし、福本は小刻みに首を横に振りながら、目から大粒の涙を零《こぼ》した。

澪との会話になんらかの希望を感じたのだろう、その姿は徐々に生前の様相を呈し、さっき目にしたおぞましさも払拭《ふっしょく》されていく。

――なら、あなたの望みは……？

もう一度尋ねると、福本は次々と涙を流しながら、眉間《みけん》に苦しそうに皺《しわ》を寄せた。そして。

『どう、して、……俺は、解放、され、ない』

意味不明な言葉を最後に視界が真っ白になり、――かと思えば、すぐに別の風景が浮かび上がった。

最初に視界に映ったのは、仏壇と、女性の遺影。

そして、目の前で合わせられた両手。

おそらく、これは福本の視点であり、遺影の女性に手を合わせている最中らしいと澪は思う。

福本は、そのままずいぶん長い時間動かなかった。

背後には何人かの気配があり、やがてその中の一人が『奥様を亡くされてさぞかし辛《つら》いでしょう。……でも、どうか元気を出して』と声をかける。

その、心から心配するような声を聞いた瞬間、澪はふと違和感を覚えた。

確か、福本は、妻を保険金目的で殺したという話ではなかっただろうかと。

しかし、目に映る状況から判断するに、福本は若くして妻を失った哀れな男のように見える。

ふいに、徳島から聞いた事件は真実なのだろうかという疑問が浮かんだ。

思えば、事件のことを知ったのは今日であり、いつものように裏を取っていないぶん、真実でない可能性も十分にあると。

澪の前で繰り広げられている光景には、そう考えても仕方がないくらいに強い悲愴《ひそう》感が漂っていた。

そして。

『頑張って』

『気持ちを強く持って』

『子供もいるんだから』

次々とかけられる声に、福本はゆっくりと振り返り深々とお辞儀をする。

ただし、――そのときじりじりと福本の心の底から湧き上がってきた感情は、決して悲しみではなく、狂気じみた歓喜だった。

堪えられない程の喜びで指が大きく震えるが、それを見た周囲の面々は当然そんなことを想像もしていないのだろう、辛そうに涙を流す。

一体なにが起きているのか、澪にはなかなか理解が追いつかなかった。

しかし。

〝そうだ、――まだ、子供《ひと》がいる〟

突如頭に響いたのは、酷く意味深な呟き。

その言葉の意味を考える間もなく、目の前の光景はふたたび変わり、――次に目の前に広がったのは、葬式の風景だった。

福本の前に置かれていたのは、子供のものと思しき小さな棺《ひつぎ》。

一気に血の気が引いた澪とは真逆に、福本から伝わってきたのは、さっきを上回る強い喜びだった。

『ベランダから転落したんですって。可哀想に』

背後からは、子供の死を悼む言葉が次々と聞こえ、福本の目からはとめどなく涙が零れているのに、心はまったく違う感情で満たされている。

狂っている、と。

これ以上見てしまえば精神がおかしくなりそうで、澪は一刻も早く意識が戻るよう必死に祈った。――けれど。

無情にもその願いは叶わず、景色はふたたび別の場所へと移り、――次に福本が立っていたのは、これまでとはまったく雰囲気の違う、深い暗闇の中。

周囲の様子はよくわからないが、ひやりと冷たい風が通り抜けた瞬間、どうやら外にいるらしいと澪は察する。そして。

『せっかく、うまくいっていたのに――』

ふいに、苦しげな呟きが響き渡った。

それと同時に視界に入ったのは、足元に転がる睡眠薬の空瓶と、ガタガタと大きく震える手。

そのときの福本の心臓は、これまでにないくらい不安げに鼓動していた。

感じ取れる意識もずいぶん朦朧《もうろう》としていて、肩が揺れる程の激しい息遣いも聞こえてくる。

そして、福本は突如意を決したように足を踏み出し、すぐ傍にあった脚立に乗ったかと思うと、木の枝から吊り下がっていた輪っか状の縄に首を通した。

『死刑に、なるくらいなら』

辺りに響き渡った、震える声。

福本がなにをする気なのか、もはや考えるまでもなかった。そして。

『自分の手で、楽に――』

その呟《つぶや》きと激しい振動を最後に、まるで動画の再生を止めたときのように、なにもかもがプツリと遮断される。

しかしそれも束の間、視界はふたたびぼんやりと明るさを取り戻した。

「澪ちゃん……！」

高木の叫び声が響き、澪は、現実に戻ってきたのだと気付く。

ただ、依然として、正面には澪の体を押さえつける福本の姿があった。

おそらく、福本の記憶を見ている間は、現実ではほんの一瞬の出来事だったのだろう。

福本は澪をじっと見下ろしたまま、真っ黒に澱《よど》んだ瞳《ひとみ》を揺らした。

『なぜ、――俺、は、……楽に、なれ、ない』

ふいに投げかけられたのは、漠然とした問い。

ただ、散々福本の記憶を見てきた澪に、詳しい説明など必要なかった。

福本からすれば、楽になるために自殺したというのに、こんな悲惨な状態のまま彷徨《さまよ》い続けている理由がわからないのだろう。

それも無理はなく、命を絶つときの福本の心の中には、死ねば解放され楽になれるという明確な希望があった。

「……楽に、なりたいん、ですか」

口を衝《つ》いて出たのは驚く程冷ややかな声だったけれど、福本はそんな澪に縋《すが》るかのようにさらに距離を詰める。

『俺、を』

「……あなたは」

『楽、に、……解、ほう』

「そんなこと、……許されませんよ」

この局面で怒りが恐怖を凌駕《りょうが》したことに、澪自身が一番驚いていた。

ただ、そのときは奇妙なくらいに恐怖も不安もなく、心を占めていたのは、目の前で楽になりたいと迫る福本に対する、強い嫌悪感のみ。

澪は福本から目を逸《そ》らさないまま、ゆっくりとポケットを漁《あさ》りお札を握りしめる。

　そして。

「……もし、私に、あなたを救える力があったとしても……、私は、あなたの話なんて聞かない。――絶対に、助けたくない」

その手を福本へ向かって思いきり突き出した――瞬間、福本はまるで弾《はじ》かれるように澪から離れ、なおも勢いが収まらないまま、窓を通り抜けて外の薄暗い空間へと消えて行ってしまった。

予想を上回るお札の効果に頭の中は真っ白で、澪は宙に浮いたままの自分の手をぼんやりと眺める。

やがて、マメがちょこちょこと駆け寄ってきて、労《ねぎら》うように澪の頰を舐《な》めた。

「い、今、私……」

『今のなに？　すごい揺れなかった……？』

口にしかけた疑問が、インカムから響いた晃の声と重なる。

「……わかん、ない」

体を起こして辺りの様子を確認すると、結界の中では、澪と同様に高木も呆然《ぼうぜん》としていた。

澪はふと、手の中でぐしゃぐしゃになったお札を見つめる。

福本を弾き飛ばしたのがお札の効果であることは間違いないけれど、正直、にわかに信じ難いような気持ちだった。

というのは、お札の効果は使った人間によって大きく左右され、たとえば結界もまた、澪が張ったものは次郎のものより格段に弱い。

だからこそ、目の前で起きた現象が、なかなか頭で処理できなかった。

しかし現に教室にはもう、福本の気配はない。澪はひとまず福本の行方を確認するため、窓から外を眺める。

すると、暗い裏庭の端で、さっきと同じようにウロウロと彷徨う福本の影をぼんやりと確認することができた。

「裏庭に移動してる……」

呟くと、突如教室の戸が開き、晃が駆け寄ってくる。

そして、心配そうに澪の顔を覗《のぞ》き込んだ。

「さっきのなに……？　ってか、澪ちゃんすごい怒ってなかった？」

「え……？」

「もしかして、覚えてないとか？」

「いや、……そんな、ことは」

混乱していることは否めないが、あれを忘れるはずがないと澪は思う。

むしろ、福本に対する怒りが爆発したのを機に、自分の中にあり続けたモヤモヤとした感情の正体が、明確になっていた。

「……私は、多分、ずっと怒ってたんだと思う。心のどこかで、――同じ目に遭わせてやりたいって」

「澪ちゃん……？」

「でも、……許せないとか、同じ目に遭わせてやりたいとか、そういうことを考えるのが怖くて、どんなに最低に見える人間でも、その人が救われることを望んでる人がいるんだと思うと、変な迷いとか同情とかが頭を過《よぎ》って、……だから私は、いつだって、皆が納得できる解決方法を考えてたの。──本当は、そんなものないってわかっていても」

「ねえ、それ福本さんのことじゃないよね……？」

「……実際は、救いようがない人間も、いて」

「いや、……ちょっと待って、落ち着いて、澪ちゃん」

「強欲で最低で、人の命なんてどうも思わない人を救う価値なんてないんだよね。どんなに残酷な方法で利用されていようが、それでもまだ全然罰になんてならな──」

「──澪ちゃん」

なにかに憑《つ》かれたかのように語りだした澪を止めたのは、高木。

高木は背後から澪の顔に手を回し、いつの間にか流れていた涙をそっと拭《ぬぐ》う。──そして。

「俺は、澪ちゃんが正しいと思う。……けど、そんなことを考えるのは、君の役割じゃないよ」

そう言って、澪の顔を覗き込んだ。

「役割……」

「そう。澪ちゃんは、別に甘くても人を憎めなくてもいいんだ。そういうのは、俺や次郎がやるんだから」

「だけど、……私、本当はずっと」

「わかってる。でも、俺らが内に秘めてるものはその程度じゃないし、だから、君が泣きながら怒る必要なんてないんだよ。……ちゃんと分担しよう、仲間なんだから」

「…………」

心の中では、整然と振り分けられるような単純なものではないと思っているのに、必死に宥《なだ》める高木の表情があまりに苦しげで、澪は口を噤《つぐ》む。

すると、晃がどこかほっとしたように表情を緩めた。

「で、……霊の姿がないけど、追い出したんだよね？　どこに消えた？」

その妙に明るい声色から晃なりの気遣いが伝わり、澪は一度ゆっくり深呼吸をすると、裏庭を彷徨う福本を指差す。

「あそこに……。多分、あの人は教室に特別な思い入れがあるわけじゃなくて、むしろ、自分が救われることにしか執着がなさそうだったから、……また降霊術でもしない限りはあそこを彷徨い続けるんじゃないかな……」

「そうなんだ。だったら、元々たいした霊じゃないし、裏庭に用がある人もそんなにいないだろうから、放っておくって手もあるのか。追い出して終わりにしろって部長さんも言ってたしね。まぁとりあえず、徳島先生と話してくる」

晃がそう言って廊下に向かった後、澪はゆっくりと高木を見上げる。

「高木さん、……さっき質問されたときは否定しましたし、正直、自覚がなかったんですけど、……私は、自分の大切な人を傷つける人たちのことを全員、死んじゃえばいいのにってくらい憎んでるんだと思います。……今も、ずっと。ついさっき、あの男の救いようのない過去を目にしたとき、はっきり自覚しました」

早くも話題をぶり返した澪に、高木は瞳《ひとみ》を大きく揺らした。しかし、もうさっきのように否定はせず、わずかな沈黙を置いてゆっくりと頷《うなず》く。

「わかるよ。別に、それは異常なことじゃないから。……ただ」

「ただ……？」

「憎むのって、苦しいからさ。……だから俺、もう自分で全部終わりに――」

――そのとき。

突如澪の携帯が着信を知らせ、高木が言いかけていた意味深な言葉はプツリと途切れた。

澪はもどかしい思いで携帯を取り出したものの、ディスプレイには次郎の名前が表示されており、心臓がドクンと揺れる。

「次郎さんからです……、電話なんて滅多にかけてこないのに……」

「取って。なんだか嫌な予感がするから」

「は、はい」

澪は頷き、着信ボタンをタップする。すると。

「──澪、さっき東海林さんが倒れた」

繋《つな》がるやいなや次郎から告げられたひと言で、頭が真っ白になった。

「え……？」

「話していたら、突然意識障害を起こした。救急車で病院に運ばれたが、今は意識が戻って処置を受けてる。ひとまず心配はない。ただ、今日は俺が病院に──」

「行きます」

「……おい」

「行きます！　すぐに！」

東海林の症状が深刻でないことは次郎の声から明らかだったけれど、倒れたと聞いて真っ先に澪の頭に広がったのは、強い後悔。

ここ最近というもの、東海林にかなりの無理をさせていた自覚があっただけに、居ても立ってもいられなかった。

すると、次郎はわずかな沈黙の後、やれやれといった様子で溜《た》め息をつく。

「今、高木は」

「……横にいます、けど」

「代わってくれ」

そう言われた瞬間、自分では話にならないという意味だろうかと、強い不安が込み上げてきた。しかし。

「高木に病院の場所を伝えるから、代われ」

次郎がそう言い直すと同時に気持ちが緩み、視界が涙で滲《にじ》んだ。

胸が詰まって声が出ず、澪は無言で高木に携帯を差し出す。

すると、高木は戸惑いながらもそれを受け取り、次郎と二、三の言葉を交わして通話を終えた。

そして。

「澪ちゃん、とりあえず病院に行こうか。一人じゃ危なっかしいから、俺に引率してくれって次郎が」

そう言って、澪の肩にそっと触れた。

「い、行きたいです、けど……、でも、こっちのことは……」

「霊ならひとまず教室から追い出せたわけだから、依頼はすでに完了でしょ？　まぁ、まだ裏庭をウロついてるみたいだけど、これ以上のことはいずれにしろ俺たちじゃ無理だし。だから、伊原さんと晃に後処理や片付けを任せて先に出よう」

澪が頷くと、高木は穏やかに微笑み、澪の手を引いて廊下に連れ出す。

そして、手短に伊原たちへの説明を済ませ、すぐに校舎を後にした。

いつの間に手配していたのか、裏門の前にはすでにタクシーが停まっていて、澪はそれに乗り込みようやく息をつく。

同時に、次郎の連絡から今に至るまでの高木のスピーディさに、今さらながら驚いていた。

「高木さんがいてくれて、本当によかったです……」

込み上げるままに呟《つぶや》くと、高木は自嘲《じちょう》気味に笑う。

「調査中は例に漏れずまったく役立たずだったから、俺がいる意味が少しでもあってよかったよ」

「少しだなんて……。私なんてただオロオロするばかりで、なにも考えられなかったのに、あっという間にこんな……」

「それは、褒めすぎ」

そう言って笑う高木の表情には、絶大な安心感があった。

だから、――澪は、すっかり忘れてしまっていた。

次郎から電話がかかる直前、高木が意味深な言葉を言いかけていたことを。

第二章

東海林が運ばれたという病院へ向かう道中、車中でソワソワする澪を他所《よそ》に、高木はメッセージにて伊原とのやりとりを続けていた。

それによれば、福本が彷徨《さまよ》う裏庭は当面立ち入り禁止とし、もし今後生徒に被害が出るようならば、徳島から伊原経由で改めて相談が来るとのこと。

「――ちなみに、耐震調査の方も、俺の方で改めて手配しようと思って打診してるよ。なにせ、俺らが立ち入る口実に使っちゃったぶん、実際の耐震調査はできてないわけだし。上手《うま》く口裏を合わせてくれそうな業者なら、いくつか知ってるから」

「そんなことまで……。高木さんって本当に完璧《かんぺき》……」

「いやいや、たまたま思いついただけだよ」

澪はその鮮やかなまでの采配《さいはい》を横から眺めながら、ひたすら自分のふがいなさを痛感していた。東海林の方は心配ないと聞いているのに、こうもポンコツになってしまうものかと。

そして、二人がようやく病院に到着したのは、二十一時前。

夜間受付口から入ると次郎が待っていて、東海林はついさっき初期治療室から病室へ移されたところだと説明してくれた。

「それで、東海林さんの容体は……」

「今はもうすっかり元通りだが、検査してみないとなんとも言えない。疲れも溜まってるようだから、このまましばらく入院するよう説得したところだ。当の本人は、大袈裟《おおげさ》だと不満げだったが。……とりあえず、病室に案内する」

「お願いします。……それにしても、入院を了承してくれてよかったです。……持病のことも心配ですし」

「とはいえ、せいぜい十日が限度だろうな。……あの人は、大人しく寝てるようなタマじゃない」

「それは、そうですね……」

東海林には、深刻な持病を持っていながら入院を嫌う、明確な理由がある。

それは、自分に残された時間すべてを、幼くして亡くした娘・佳代《かよ》の魂のために使いたいというもの。

澪としては、病気の治療に専念して少しでも長生きしてほしいという思いもあったけれど、東海林の願いの切実さを知っているだけに、口を挟むことはできないでいた。

もちろん、そんな東海林の貴重な時間をあまりに奪いすぎてしまっている現状に、大きな矛盾を感じてもいる。

とはいえ、今はそうせざるを得ないことがあまりにも多く、思考はぐるぐると回る一方だった。

やがて、次郎がずいぶん立派な扉の前で足を止めた瞬間、すっかり考え込んでいた澪はハッと我に返る。

見ればどうやら個室のようだが、床は気付かないうちにカーペットに変わっていて、いわゆる特別病室と呼ばれるものらしいと察する。

「こういう部屋って本当にあるんですね。ドラマでしか見たことなかったので、フィクションかと……」

「東海林さんはこの病院にかなりの寄付をしてるらしい。本人は普通の病室でいいと言っていたが、病院側がここしか空いてないと強引に」

「そ、そうなんですね……、すごい……」

思い返せば、東海林は丸の内のビルのオーナーだったり、高級リゾートホテルの株主だったりと、その財力は計り知れない。

妙に緊張が込み上げたけれど、澪はひとまず次郎に続いて病室へ入り、高級マンションさながらの内装にいちいち驚きながら、突き当たりの広い部屋へ向かった。

そして。

「やあ、澪さん、高木さんも」

部屋を覗《のぞ》くやいなや目に飛び込んできたのは、いつもと変わらない東海林の笑顔。

途端に気持ちが緩み、澪は反射的にベッドに駆け寄っていた。

「東海林さん……！」

「おい、走るな。大きい声を出すな」

すぐに次郎に窘《たしな》められたけれど、澪はもはや気に留める余裕もないまま、東海林の手を取りぎゅっと握る。

すると、よく知る優しい体温が伝わってきて、たちまち視界が滲《にじ》んだ。

「よかっ……」

うまく言葉が出せない澪に、東海林は困ったように笑う。

「澪さん、少し大袈裟では。長崎くん、彼女にどう伝えたんですか？」

「とくに問題ないと」

「……なのに？」

「す、すみません……、いろいろなことを考えちゃって、心配になって」

なんだか居た堪《たま》れずに弁解すると、東海林は目を細めて可笑《おか》しそうに笑った。

「いいえ、澪さんがいらっしゃると聞いた時点で、ある程度予想していましたから。むしろ、不安にさせてしまって本当に申し訳ありません」

「そんなこと……」

「ちなみに、仁明の対策については、私が動けなくともなんとかなるよう考えていますから、その点は大丈夫ですよ」

「え……？」

「私の力を宿した式神を使えば、おそらく、仁明の力を封印できます。多少皆さんの手間が増えますが、大きな問題はないかと。ですから、今後の私の安否にそこまで気を揉《も》む必要は――」

「ちょっ……、待ってください……。私がしていたのはそんな心配じゃ……！」

突如、当たり前のように仁明の話をはじめた東海林を、澪は慌てて止めた。

しかし、東海林は首を横に振る。

「お気持ちはとても嬉《うれ》しいですが、とても重要なことですから、なにを差し置いてもそっちの心配をしてください。私はもはや、いち協力者のつもりはありません。すべてを終わらせたいという気持ちは、私も同じなのです。その上で、私の力が使えるかどうかは、今もっとも気にかけるべき問題です」

「でも……！」

「手順などについては、後ほどきちんと説明します。ですから、万が一私にもしものことがあったとしても、仁明の体を発見した場合はそちらに集中してくださいね」

「東海林さん……」

「あなたが、……いえ、我々がやろうとしていることには、それくらいの覚悟が必要です」

「……」

だとしても、やはりあなたが無事でいることがなにより大切で重要だと、――本当はそう言いたいのに、「覚悟」という言葉を聞いた途端、澪はなにも言えなくなってしまった。

おそらく、東海林は万が一のことまですべて想定した上で、とうに覚悟を決めていたのだろう。

だとすれば、東海林の思いを感情に任せて否定するわけにはいかなかった。

「……わかり、ました。説明、聞かせてください」

「ええ、もちろん」

「……の、前に。……喉《のど》、渇きませんか」

「はい？……ああ、……そうですね、冷たいお茶を買ってきていただいてもよろしいでしょうか」

「……行ってきます」

「自販機は少し遠いのですが、……走らず、ゆっくりお願いします」

「………………」

一旦《いったん》気持ちを落ち着かせようと、必死に誤魔化しながら強引な手段を取ったものの、そのときの自分がどんな表情をしていたかは、調子を合わせてくれた東海林の反応から明らかだった。

澪は頷《うなず》くと、財布だけを手にその場を後にする。

正直、聡《さと》い次郎や高木を誤魔化せていないことはわかっていた。

けれど、いずれにしろ、あのまま平静を装える程の余裕などなく、澪は病室を出るやいなや溢《あふ》れ出した涙を袖《そで》で雑に拭《ぬぐ》った。

ただ、いったいなにが一番悲しいのか、そして苦しいのか、頭の中がぐちゃぐちゃになった澪にはもはやよくわからなかった。

東海林の体のことも、あんな言葉を言わせてしまったことも、自分の置かれた状況の深刻さを再確認したことも、――すべてがいっしょくたになって、胸の中で激しく疼《うず》いている。

しかも、病室を出たはいいが気持ちが落ち着く気配は一向になく、いっそ、このまま迷子になってしまいたいとすら思った。

しかし、ふと視線を上げると、滲んだ視界の中には煌々《こうこう》と光る自動販売機が見え、澪はやれやれと思いながらその前に立つ。

そして、ポケットから財布を引っ張り出した――瞬間。

ふいに背後から腕がスッと伸び、澪より先にコインを投入した。

驚いて振り返った途端、次郎と目が合う。

「え、なん……」

「早く押せ」

「…………」

あまりの驚きに目を逸《そ》らせず、手探りでボタンを押すと、ガコンという大きな音とともに、取り出し口に缶コーヒーが落ちた。

「馬鹿、間違ってる」

「……あの」

「他所見《よそみ》して押すな」

次郎はそう言い、ふたたびコインを入れる。

澪が戸惑いながらもようやくお茶のボタンを押すと、次郎は取り出し口からそれらを取り出し、そのまま澪の腕を引いてすぐ横のベンチに座らせた。

「……あまり考えすぎるな。ああ見えて、東海林さんも弱ってるんだ」

次郎はそう言うと、間違って買った缶コーヒーを開けて澪の手に持たせる。

「あの……」

「普段の東海林さんなら、あんな言い方はしないだろ。だいぶわかり辛《づら》いが、察してやってくれ」

「…………」

「澪？」

そのわずかに心配の滲む声を聞き、ようやく澪は、次郎は慰めに来てくれたらしいと察した。

たちまち申し訳なさが込み上げ、澪は慌てて首を横に振る。

「すみません……、でも私、大丈夫です……。むしろ、確かにそうだなって納得した部分もあったというか……」

しかし、次郎は澪の言葉に相槌《あいづち》を打たず、まるで真意を確かめるかのように、真剣な目で澪を捉《とら》えた。

動揺と緊張に襲われながらも、次郎とこんなふうに話すのは久しぶりかもしれないと、澪はわずかな懐かしさを覚える。

出会った頃はとくに気苦労をかけてばかりだったけれど、思い返せば、こうしてごく自然に本音を零《こぼ》せる場を作ってもらっていたと。

「だから、……平気です。確かに辛い言葉でしたけど、理解してます」

澪は、まるで自分に言い聞かせるかのように、そう言って次郎に視線を返す。――けれど。

「溝口が心配してたぞ」

突如まったく別の話題に代わり、澪は一瞬混乱した。

「え……？」

「荒《すさ》んでるらしいな」

「……なんですか、それ」

「〝強欲で最低で、人の命なんてどうも思わない人を救う価値なんてない〟」

「それは……」

それは、ついさっき学校で澪が口にした台詞《せりふ》。

途端にあのときの複雑な感情が鮮明に蘇《よみがえ》り、心が疼いた。

「……荒んでるというか、今さらながら気付いたってだけです。私はつい綺麗《きれい》ごとばかり考えてしまうので、……占い師や仁明との正念場を迎える前に気付けて、むしろよかったっていうか」

そう言うと、次郎はわずかに瞳《ひとみ》を揺らす。

その様子を見ながら、次郎もおそらく高木と同意見なのだろうと澪は思った。

しかし。

「……他人の価値を判断することに意味なんかない。ただ判断する側の精神が削られるだけだ」

次郎が口にした言葉は、予想とは少し違っていた。

「え……？」

「そもそも、それぞれバランスはあれど善悪両方併せ持つのが人間だろ。相手や場合によって変化する人間の価値をその時々で切り取って判断したってなんの意味もない。……なのに、お前はその時自分が決めた他人の価値に後々苦しむタイプだ」

それは、少し難しい話だった。

澪がなにも言えないでいると、次郎は小さく溜《た》め息をつき、さらに言葉を続ける。

「だから、お前はいちいち価値なんか考えず、その時々の感情だけを信じて動け。それが正しいってことは、何年もお前と仕事をしてきた俺が保証する。……そもそも、価値がないと判断するハードルもどうせ馬鹿みたいに高いんだろうし、学校に出た霊がどれだけクズだったか知らないが、どうしようもない奴に変な基準を当てはめて、自分をがんじがらめにするな」

「次郎さん……」

「いつも通り、単純でいいって話だ。東海林さんの言葉も、そうあるべきだと無理して納得する必要はない。違うものは違う、嫌なものは嫌でいいから」

いつになく感情が籠《こも》ったその声色に、心が震えた。

同時に、複雑に絡み合っていた思考がスルリとほどけていくような感覚を覚える。

「私、いつもそんなに単純ですか……？」

「ああ」

「……即答」

思わず笑った途端、止まったはずの涙がぽろりと零れた。

しかし不思議と心は軽く、澪はコーヒーを一気に呷《あお》るとベンチから立ち上がる。

「単純でいいって言われて、なんだか少しスッキリしました。なので、東海林さんの説明も聞けそうです。……ただし、自分の安否に気を揉《も》むなっていうあの無茶な言葉を、完全に否定してからになりますが」

「…………」

「今、笑いましたね？」

「いや、……単純だな、お前」

「…………」

澪は次郎を睨《にら》んだ後、東海林の病室へ向かって勢いよく足を踏み出す。

このままでいいのだと自信を持たせてくれた次郎に、心から感謝をしながら。

「──ともかく、東海林さんになにかあったら、なにを差し置いても駆けつけることにしました。許可はいりません。一方的な宣言です」

その後。

病室に戻るやいなやそう口にした澪に、東海林は明らかに困惑していた。

「澪さん、さっきも言いましたが、我々にはもっとも優先すべきことがあり──」

「いいえ、大丈夫です。たとえ私が使い物にならなくなっても、仲間がたくさんいますから」

「……しかし」

「お願いですから、残酷な覚悟を強要しないでください。……だいたい、そんな爆弾みたいな不安を背負ったままじゃ、私は身動きが取れません」

「…………」

「私、単純なので」

東海林がついに絶句し、部屋がしんと静まり返る。

ただ、その強めな宣言とは裏腹に指先は震えていて、澪はじわじわと込み上げる緊張に堪えながら、東海林の反応を待った。

するとと、東海林はしばらくの沈黙の後、観念したように息をつく。そして。

「あなたも大概、私に無茶な覚悟を強要していますよ。……ともかく、しばらくはなにがなんでも体調を維持せねばならなくなりました」

そう言って、苦笑いを浮かべた。

「それって、つまり……」

「観念して、体調が落ち着くまで入院することにします。……その間、佳代には本でも読んでやろうかと」

「東海林さん……」

どうやら聞き入れられたらしいと理解するにつれ、心の中にじわじわと安心感が広がっていく。

一方、東海林は早くも気持ちを切り替えたのか、表情をいつも通りに戻し、次郎を手招きした。

「長崎くん、申し訳ありませんが、明日にでも入院の手続きをお願いできますか」

「ええ、もちろん」

「では澪さん、そろそろ本題に移りましょう」

「はい……！」

つい大きな声が出て、高木が小さく笑う。

そのすっかり安心したような笑い声を聞きながら、自分はさぞかし単純に見えているのだろうと澪は思った。

ただし、それはときに問題を打開する強みにもなり得るらしいと、新しい発見をしたような手応《てごた》えも感じていた。

ともかく、東海林の貴重な時間を奪ってしまうぶん必ずやり遂げようと、澪は強く心に誓い、東海林の言葉を待つ。

すると、東海林は壁面に掛けているジャケットを指差した。

「申し訳ないけれど、胸ポケットの中の物を取っていただけますか」

澪が頷《うなず》きポケットを探ると、中には一枚の白い封筒が入っていて、澪はそれを東海林に手渡す。

すると、東海林はその中から、見覚えのある特徴的な形の紙を取り出した。

「それって、式神ですよね……？」

「その通りです。さっきもお伝えしたように、これに私の念を仕込めば私とほぼ同等のことができます」

「……もう用意してくださってたんですか？」

「ええ」

東海林は平然と頷くが、それはつまり、東海林がすでに自らの体調の悪化を予想していたことを意味する。

病状は想像以上に深刻だったのだと察し、澪は、せめて入院を決断してくれてよかったと改めて思った。

「それで、肝心の封印方法ですが……、やること自体は決して複雑ではありません。この式神が仁明の体に触れさえすれば封印が叶《かな》うよう、すでに仕込んでいます。もちろん、成功するには私の能力が仁明を上回っている必要がありますが、向こうは散々道具にされて弱っている状態でしょうから、勝算はあるかと」

「なら、あとは仁明の体を見つけさえすればいいってことですよね……？」

東海林が語った方法は想像よりもずっと簡単で、澪はわずかに緊張を緩める。

しかし、東海林は逆に険しい表情を浮かべ、首を横に振った。

「それが、そう単純な話ではなく、……封印する前に、仁明の体に魂を呼び戻さねばなりません。というのは、現在仁明の魂は占い師の下にあるはずですから、体は空の状態です。空では封印はできません」

「なるほど……。それって、式神でなんとかなるんですか……？」

「式神というより、そちらは特別なお札が必要になります。ただ、それを作るにあたりひとつ準備が必要となりまして、……それが、少々難儀なのです。勿体《もったい》ぶっても仕方がないので申し上げますが、お札に仁明の体の一部、もしくは本人に縁《ゆかり》の深いものを仕込む必要があります」

「体の、一部……？」

「ええ。たとえば、髪や爪など。とはいえ、さすがにそんなものを入手するのは難しいでしょうから、代わりに本人と縁の深いものがあれば、そこに残る念を取り出し、お札に使います。念はわずかで構いませんが、……ただ、少なければ少ない程、取り出すのに時間を要します」

　思いもしない難題に、澪は一瞬途方に暮れた。

　体の一部の入手が難しいことは言うまでもないが、代わりに縁の深いものと言われても、仁明は自らの痕跡《こんせき》をほとんど残していない。

　唯一思い当たったのは廃寺で見つけた陶器のカケラだが、縁が深いとはさすがに言い難く、澪は考え込む。——そのとき。

「白砂《しろすな》神社にならなにか残っているかもしれないな」

　次郎がそう口にし、澪の心に小さな希望が生まれた。白砂神社と言えば仁明の生家であり、可能性があるのではないかと。

　一方、高木は眉間《みけん》に皺《しわ》を寄せる。

「でも、前に高橋達治さんが、仁明が家を出たのは何十年も前だって言ってなかった……？　縁のあるものが残っているとはあまり思えないけど……」

　確かにその通りだと、澪はふたたび視線を落とした。

「そう、ですよね……。何十年も帰っていないなら、あまり期待はできないですよね……」

　弱々しい呟《つぶや》きが、静まり返った病室にぽつりと響く。

しかし。

「いや、体の一部が残っている可能性は、ゼロじゃない」

次郎のその言葉で、皆の視線が一気に集中した。

「縁のあるものじゃなく、体の一部の方が、ですか……？」

「ああ。大昔から世襲してきた神社なら、子孫の誕生はより特別な意味を持つはずだ。だから、たとえば臍《へそ》の緒なんかは、両親が大切に残しているかもしれない」

「あ……！　臍の緒……！」

澪は思わず声を上げる。

臍の緒ならば正真正銘、体の一部であり、保管している可能性も十分にあると。

「……なるほど」

高木も納得したようで、小さく頷く。

東海林もまた、少しほっとしたような表情を浮かべた。

「それであれば完璧《かんぺき》ですね。ただ、もし見つからなかったとしても、育った家にならば、直接身につけていたものが残っているかもしれません。着物や履物など、幼少期のものでも十分効力がありますから、聞いてみていただけますか」

「わかりました、すぐに……！」

勢いよく返事をする澪に、東海林は優しく目を細める。しかし。

「……ただし。どうしてもなにも入手できない場合は、私が直接動きますからね」

念押しのように言われたひと言で、背筋が伸びるような思いがした。

「……そうならないよう、意地でもなにかを手に入れます」

自分に言い聞かせるようにそう言うと、東海林はゆっくりと頷く。そして。

「……では、私は少し眠ります」

少し辛《つら》そうに息を吐き、澪に式神が入っていた封筒を渡した。

その手は少し震えていて、途端にずいぶん長居してしまったことに気付いた澪は、慌ててバッグを抱え上げる。

「東海林さん、長々とすみませんでした……。もう帰りますけど、また報告に来ますね」

「ええ。くれぐれも、無理をなさらず」

「……東海林さんこそ」

東海林がくれた微笑みを最後に、澪は次郎たちとともに、わずかな不安を残したまま病室を後にする。

ただ、仁明の件に関しては、まだ曖昧《あいまい》ながらも希望が生まれたお陰か、ここに着いたときとは気持ちがまったく違っていた。

「次郎さん、白砂神社に連れて行ってください」

廊下を歩きながらそう言うと、次郎は頷く。

「わかってる。できるだけ早い方がいいから、明日だな」

「はい！」

澪は次郎の返事に安心し、ほっと息をついた。――しかし。

「それにしても、今日は長い一日でしたね」

ふと高木に話しかけたものの反応がなく、気になって見上げると、高木は心ここに在らずといった様子でぼんやりと歩いていた。

「高木さん……？」

ふたたび声をかけると、高木はハッと我に返ったように瞳《ひとみ》を揺らす。

「ごめん、ぼーっとしてた。少し疲れてるのかも……」

「い、いえ、こっちこそすみません、高木さんはただでさえ忙しいのに……」

「澪ちゃんは疲れてないの？」

「なんだか気持ちがはやってしまって、今は麻痺《まひ》してるみたいです」

「タフだなぁ……」

そう言って苦笑いを浮かべる高木からは、普段はほとんど見せることのない疲労感が伝わってきた。

「高木さんは、明日どうしますか……？」

心配になって尋ねると、高木は少し考えてから、首を横に振る。

「実は、明日は休日出勤の予定なんだ。……気にすると思ったから言わなかったんだけど、今日は残業しなかったし、そのぶんを明日に回そうと思って」

「え、そうだったんですか……？」

「申し訳ないけど、任せてもいいかな」

「それは、もちろんです……！」

勢いよく返事をしながら、澪は正直、断った高木に小さな違和感を覚えていた。

白砂神社とは高木にとって深い因縁のある場所であり、普段ならなにを差し置いても同行しそうなものなのにと。

とはいえ、高木が多忙なのは疑いようのない事実であり、今日残業できなかったぶんを明日に持ち越すという説明に、とくに矛盾はない。

少し疑いすぎているかもしれないと、澪は慌てて気持ちを切り替える。

「なら、明日は逐一報告しますね。……大丈夫です。きっと上手《うま》くいきますから、安心して待っててください」

「うん。期待してる」

頷《うなず》く高木の表情は、もはやすっかりいつも通りだった。

なのに、――なぜだか、いつまでも胸騒ぎが収まらなかった。


翌日。

澪と次郎は予定通り、白砂神社へ向かった。

次郎いわく、高橋達治にはすでにアポを取り、臍の緒か、もしくは仁明と縁のあるものを捜しておいてほしいと話をつけているとのこと。

お陰で準備は万端だったけれど、道中の澪は、東海林の病状のことはもちろん、仁明の体の在処《ありか》についてなど、いろんな心配が頭を巡って落ち着かず、ひたすら膝《ひざ》の上のマメを撫《な》でて過ごした。

やがて、深い山道の奥にようやく白砂神社の屋根が見えはじめたのは、正午を迎える少し前。

あまりに気を揉《も》みすぎたせいか、澪は到着前からすっかり疲れきっていた。

そんな澪の様子を見かねたのだろう、次郎は駐車場に車を停めると、苦々しい表情を浮かべる。

「……おい、今日はお札の材料を取りに来ただけなのに、お前はいろいろ考えすぎだろ。まだまだ先は長いのに、今からそんな調子でどうする」

「それは、そうなんですけど……。でも、ここでの成果って結構重要じゃないですか。なんだかいろんなプレッシャーが……」

「勝手にプレッシャーにするな。駄目なら他の方法を探すだけだ」

「そんな簡単な……」

「行くぞ」

澪は次郎のメンタルを羨《うらや》ましく思いながらも、渋々頷き車から降りる。――すると、そのとき。

「あれ……？」

ふいに、よく知る気配を感じた気がして、澪は思わず動きを止めた。

「どうした」

「高木さん……？」

なかば無意識に零《こぼ》してしまった通り、澪が感じ取っていたのは高木の気配。

途端に次郎が怪訝《けげん》な表情を浮かべる。

「は？」

「なんだか、ほんの一瞬なんですけど、……高木さんの気配というか、匂いのようなものを感じたような気がして」

「高木の？」

聞き返された瞬間、さすがにあり得ないと、澪は途端に我に返る。

現に気配はすでになく、辺りに漂っているのは濃密な森の香りのみだった。

「す、すみません、勘違いです。昨日の高木さんがあまりにも疲れた様子だったので、気にしすぎてるのかも……」

澪が慌ててそう言うと、次郎は少し考えた後、納得したのか本殿の方へ向かいはじめる。

澪は、我ながらずいぶんおかしなことを口走ってしまったと申し訳なく思いながら、その後を追った。

しかし。

「――高木はここに来ましたか」

高橋達治が出てくるやいなや、次郎が投げかけたのは、思いもよらない質問。

まさかの出来事に、澪は思わず絶句した。

「なにを馬鹿な。アレがうちに近寄りたがるわけがないだろう」

達治もまた、唐突な質問に虚をつかれた様子でそう答える。ただ、その目がかすかに泳いだ瞬間を、澪は見逃さなかった。

瞬間的に、まさか高木は本当にここへ来ていたのではないかと、さっき頭から振り払ったばかりの推測が蘇《よみがえ》ってくる。

一方、達治はもはやなにごともなかったかのように澪たちを家の中へ招き入れ、二人を客間に通すと一旦《いったん》席を外した。

「次郎さん、なんであんな質問……」

二人になった瞬間に澪が口にしたのは、言うまでもなく、さっきの予想外な質問のこと。

すると、次郎は心外とばかりに眉間《みけん》に皺《しわ》を寄せる。

「気配を感じたって言い出したのはお前だろう」

「確かに言いましたけど、信じてたんですか……？」

「生き霊の気配まで感じ取れるような奴の言葉を、信じないわけがない」

「だったら、そう言ってくれても……」

「言えばお前はすぐ表情に出るだろ。相手に構えられたらやり辛《づら》くなる」

「……まあ、それに関してはなにも言い返せませんが」

「お陰で顕著な反応を見られたな」

顕著な反応とは、達治が一瞬目を泳がせたことを指しているのだろう。

ただし、あれを動揺であると、達治が嘘をついていると解釈する場合は、澪たちにとって大きな問題が生じてしまう。

「でも、それだと、高木さんがここに来たってことになりますよ……？」

「そうなるな」

「そんな……、平然と即答しないでください……！」

「平然もなにも、想定内だ。高木が裏でコソコソ動いてる可能性があるという話なら、前にもしただろう」

「ですけど……！」

「黙ってここに来てるってことは、さしずめ、俺らとは別ルートで占い師の対抗策を考えてるのかもしれない」

「はっ……？」

一瞬頭が真っ白になったけれど、徐々に理解が及ぶにつれ、澪は、全身の体温がみるみる下がっていくような感覚を覚えた。

じわじわと不安が膨れ上がり、指先が小さく震えはじめる。

「別ルート、って……、どうしてわざわざそんなこと……」

「奴はいつまで経っても自分が仁明の血縁であることに苦しんでる。責任を感じていると言ってもいい。つまり、自らが危険を買って出るために、俺らの先回りをするつもりなのかもしれない」

「そんな、高木さんに責任なんて……」

「わかってる。ただ、俺の言葉はあいつに響かないんだよ。あくまで高木の頭の中では、俺は被害者なんだろうからな」

「……止められないってことですか？」

聞いておきながら、返事を聞くのが怖くてたまらなかった。

しかし、次郎は束の間の沈黙の後、首を縦にも横にも振らず、ただ小さく肩をすくめる。

「そんな絶望的な顔をするな。結局は、俺らがさらに高木の先回りをすればいい話だろ。なにせ、東海林さんや目黒の存在も含め、こっちの方が断然有利だ。だからこそ、情報収集のために、お前にくっついてまで学校の調査なんかに同行したんだろうからな」

「え……？　昨日の調査に同行したのって、まさかそういう目的で……」

それを聞いた途端、調査に同行したいと言い出した高木の行動が、ようやく腑《ふ》に落ちた気がした。

考えてみれば、封印の具体的な方法をはじめ、あまりに専門的な内容に関しては打ち合わせで共有することはなく、高木の耳に入ることもあまりない。

だからこそ、それを聞き出す方法として、高木への警戒心が薄い澪からそれとなく聞き出すのが、一番効率的だと考えたのだろう。

「その結果、高木は図らずも、東海林さんの病室で重要な情報を得た。……それで、俺らを出し抜くために、休日出勤だと嘘をついてまで先にここに来たんだろう」

次郎の説明があまりにもしっくりきて、澪は複雑な気持ちで俯《うつむ》く。ただ、気持ちの方は、どうしても整理がつかなかった。

そんな澪を他所《よそ》に、次郎はさらに衝撃的な言葉を口にする。

「ということは、……もはや言うまでもないが、高橋達治はすでに高木の手の内だ。つまり、俺らは臍《へそ》の緒を手に入れられない」

「え……？　でもそんな——」

言い終えないうちに障子がスッと開き、達治が顔を出した。

手に持っていたのは、小さな紙袋。

その中身如何《いかん》で、次郎の推測の確度が変わってくると、澪は強い緊張を覚える。

そして。

「仁明の臍の緒が必要という話だったが、見つからなかった」

達治が淡々とそう言い放った瞬間、——やはりそうかと、心の中はたちまちモヤモヤした感情で埋め尽くされた。

澪としては、いっそ強引にでも達治を問い詰め、高木が来たかどうかをはっきりさせたいくらいの気持ちだったけれど、次郎はいたって冷静に頷《うなず》く。しかし。

「……なにせ、うちは数十年前に一度住居を移っている。その時点で多くの物を処分しているからな」

達治が付け加えたその言葉で、次郎の目がピクリと反応した。

転居したという話は確かに初耳だが、さほど気に留めるようなことには思えず、澪は内心首をかしげる。

かたや、次郎はやはりなにかに引っかかっているようで、わかりやすく怪訝な表情を浮かべていた。

「白砂神社は、大昔からこの場所では？」

すると、達治はわずかな間を置いた後、どこか慎重な様子で口を開く。

「もちろん、神社自体の場所は変わっていない。が、境内に住居を置いたのは私の代からだ」

「ちなみに、前はどちらへ」

「ここよりもさらに奥まった場所に、かつては小さな集落があった。車がなければ行き来が難しい、不便な場所だ」

「そうですか」

二人の会話は、内容こそなんの変哲もない世間話だが、異様な緊張感があった。澪にはその理由がわからず、黙って様子を窺《うかが》う。

しかし。

「ともかく、引っ越した際に先代が遺《のこ》した物はすべて運んだつもりだったが、臍の緒はない。他と紛れて捨てたか、最初からなかったかのいずれかだろう」

達治はやや強引に、話を元に戻した。

「なるほど。了解しました」

次郎もまた、それ以上の追及をすることなく静かに頷く。

達治はどこかほっとした様子を見せつつ、会話を仕切り直すかのように咳払《せきばら》いをすると、手にしていた紙袋の中からおもむろになにかを取り出した。

「……ただ、奴と縁《ゆかり》のあるものなら一応見つけているから、これを持っていけ」

差し出されたのは、一連の数珠。

それを目にした瞬間、澪はすぐに違和感を覚えた。

「神社なのに、数珠ですか……？」

思わず疑問が口を衝《つ》いて出たのも無理はなく、澪には、神道で数珠を使うという認識がまったくない。

達治は頷きながら、次郎にそれを渡した。

「確かに、神道で数珠は使わない。……だが、あいつの興味は子供の頃から仏道に、――主に人の命や魂に大きく偏っていて、奴がもっとも得意としていた呪いも仏道由来のものだ。当然すべて独学だが、よほど相性がよかったらしい。奴の能力の高さはわざわざ説明するまでもないだろう」

「お坊さんの恰好《かっこう》は、ただの変装じゃなかったんですね……」

「おそらく、奴が思うあるべき姿なんだろう。……ともかく、一度でも奴の念が通った数珠ならば、臍の緒とまではいかなくとも、十分代わりになるはず」

次郎は手の上の数珠をまじまじと観察し、達治が話を終えるとゆっくりと頷く。そして。

「ええ、大丈夫だと思います。……では、僕たちはこれで」

結局、高木についての追及はしないまま、達治に頭を下げてあっさりと立ち上がった。

澪もまた、次々と湧きあがってくる疑問を必死に抑えながら、次郎の後に続く。

白砂神社の滞在時間は、ものの十五分にも満たなかった。

車に戻ると、次郎はふたたび数珠を取り出し、目線の高さまで掲げる。

澪は横からその数珠を眺め、ふと不安を覚えた。

「それ、偽物だったりしませんよね……？」

正直、あり得なくもない話だと思っていた。

しかし、次郎はたいして悩みもせずに首を横に振る。

「それはない。偽物を掴《つか》ませても、東海林さんに見せればすぐにバレる。周到な高木が関わっているならなおさら、そんな即座に怪しまれるような小細工はしないだろ」

「でも、本物だとしたら逆に、結局臍の緒と同じというか、私たちを出し抜くっていう計画と矛盾しませんか……？」

「いや、なにせ大昔の数珠だぞ。念が残っていたとしても、おそらくかなり小さい。東海林さんの言葉通りなら、取り出すのに苦労するはずだ。……少なくとも、臍の緒よりは格段に時間がかかる」

「時間……って、数珠を渡したのは、つまり時間稼ぎってことですか……？　臍の緒は、高木さん達が使うってこと……？」

「だろうな。さしずめ、東海林さんの役割を高橋達治が担うってところか」

さも当たり前のようにそう言う次郎を見て、澪はなんだか目眩《めまい》を覚えた。

高木と競うことになるなんて、考えてもみなかったからだ。

しかも、高木がいったいどんな計画を立てているのか、――それこそ、澪たちと比べて明らかに不利な状況でどんな勝算を持っているのか、まったく想像がつかない。

それが悲しくもあり、怖ろしくもあった。

「高木さん……」

胸が苦しくて、思わず声が震える。

すると、次郎はそんな澪の肩にぽんと触れた。

「そんなに悲観するな。裏切りなら大問題だが、向かってる方向は一応俺らと同じだろ。

それに、高木がどんなに時間稼ぎをしようと、仁明の体が見つかってない現状ではあまり意味がない。俺らは、この数珠を一刻も早く東海林さんに渡して、準備を整えるだけだ」

「……そう、ですよね」

「いずれにしろ、すべて推測の域を出ていない。考えても無駄だ」

確かにその通りだと、澪は無理やり自分を納得させる。

しかし、考えないようにと意識したところで、頭に浮かんでくるのは高木のことばかりだった。

もはや自分ではどうすることもできず、やがて観念した澪は、高木と過ごした昨日のことをそっと思い返す。――そのとき。

ふと、高木が調査中、澪になにかを言いかけていたことを思い出した。

「そういえば……、高木さん、昨日妙に意味深なことを……」

「意味深？」

「話し始めたところで電話をもらったので、結局聞けず終《じま》いなんですけど……、〝自分で全部終わりに〟って言ってたような……」

「自分で全部終わりに、か」

あのときはよくわからなかったけれど、今になって思えば、その言葉は今日浮上した高木の疑惑と辻褄《つじつま》が合うような気がしてならなかった。

もしあのとき最後まで聞けていたなら、別行動を思い直させることもできたのではないかと、じわじわと後悔が込み上げてくる。

「すみません……、ちゃんと聞いておくべきだったのに。私があまりにいっぱいいっぱいだったから……」

今さらどうにもならないとわかっていながら、自分の余裕のなさが情けなくて仕方がなかった。

しかし、次郎は突如、小さく笑い声を零《こぼ》す。

「じ、次郎さん……」

咄嗟《とっさ》に抗議の視線を向けたものの、次郎に笑みを収める様子はない。そして。

「いや、高木も案外ツメが甘いな」

どこか楽しげに、そう呟《つぶや》いた。

「え……？」

「普段の高木なら、わざわざそんな怪しまれるようなことを口にするはずがない。……おそらく、お前の前だと気が緩むんだろう」

「私の前だと、ですか……？」

「自分に疑いひとつ持っていない単純な奴を欺くのは、結構心苦しいからな」

半分揶揄《やゆ》めいた言葉だったけれど、心苦しいという言葉を聞いた瞬間、沈みきっていた心が不思議と浮上した気がした。

もちろん真実はわからないが、高木も本意ではないのだと思うと、小さな救いを持てたからだ。

「……確かに、私はどうやっても高木さんのことを疑えません。……どんなに怪しくても、……たとえ、今から騙《だま》すって宣言されたとしても」

そう言うと、次郎はやれやれといった様子で肩をすくめる。

ただ、ルームミラー越しに見たその表情はずいぶん穏やかで、なんだか胸が締め付けられた。

平然として見える次郎にも、深い絆《きずな》で結ばれている高木のこととなれば、いろいろ思うところがあるのだろうと。

「……高木さんの心、解放してあげなきゃいけませんね。……今度こそ、ちゃんと」

まるでひとり言のような小さな呟きが、車の中にぽつりと響く。

それは、澪の中で、すべてを早く終わらせなければならない理由がまたひとつ増えた瞬間だった。


その後、達治から預かった数珠を東海林に見せると、ある意味予想通りと言うべきか、返ってきた答えは「少し時間が必要」というもの。

ただ、可能であるとわかっただけで、澪たちにとっては十分な結果だった。

ともかく、こうして準備は着々と整い、あとは肝心の仁明の体を捜すだけとなった――

――ものの。

そもそもそれこそが一番の難題である上、高木からの報告を素直に受け取れなくなってしまった今、これまでをはるかに上回る困難が予想された。

しかし、そんなことを悶々《もんもん》と考えながら迎えた週明け。

澪が起きるやいなや次郎からメッセージが届き、そこには「出勤前に、以前目黒と打ち合わせをした新橋《しんばし》のワインバーへ」とあった。

内容についてはまったく触れられていなかったけれど、新橋のワインバーといえば、いつぞやの最大限に警戒が必要だった会合で目黒が指定した場所。

たちまち緊張が込み上げたけれど、それと同時に、なにかが動き出すような予感がしていた。

澪は慌てて支度を終え、急いで新橋へ向かう。

そして、「close」の看板が並ぶ飲み屋街を通ってようやく目的のワインバーに着くと、今回はバーテンダーではなく直接目黒に迎えられた。

「おはようございます。長崎さんはいらしてますので、どうぞ」

「……お邪魔します」

この場所を指定した以上、当然目黒も同席するだろうと予想していたものの、目黒特有の物々しいオーラが、澪の緊張をさらに煽《あお》った。

澪はぎこちない動きで店を横切り、前回も通されたワイン庫に入る。

すると、そこにはすでに次郎がいて、澪に丸椅子を勧めた。

「あの、どうしてここに……」

座るやいなや疑問を口にすると、次郎はわずかに瞳《ひとみ》を揺らす。そして。

「この会合のことを、高木に悟られたくないからな。あいつは優秀な調査会社を使っているし、警戒するに越したことはない」

目黒がいるにも拘《かかわ》らず、さも当たり前のようにそう言った。

一瞬ドキッとしたけれど、目黒に驚く様子はなく、どうやら高木を警戒すべき事情はすでに話しているらしいと澪は察する。

同時に、どうやらこれは高木を出し抜くための相談なのだと理解していた。

確かに目黒なら、常識を逸脱したレベルの調査能力を持っている上に、優先順位がもっとも高い沙良が第六で働いている以上、第六を欺いて高木に協力するようなことは考え難《にく》い。

「……つまり、今日は仁明の体を捜す相談ですか？」

おのずと導き出された結論を口にすると、次郎は少し意味深な間を置いてから、首を縦に振った。

どこかはっきりしない態度が気になりつつも、ひとまず目的だけは理解でき、澪は黙って続きを待つ。

すると、次郎は目黒に向けてゆっくりと口を開いた。

「ひとつ、急ぎで調べていただきたいことがあります」

「私に調べてほしいこと、ですか。それは構いませんが、……ただ、占い師の足取りに関しては、防犯カメラの解析を続けているものの、現時点で成果はありません」

「いえ、その件ではなく、高橋家が現在も所有している土地を調べていただきたいのです」

「高橋家というと、――渦中の仁明の」

高橋家の土地と聞いた瞬間に澪の頭を過《よぎ》ったのは、まさに昨日、達治と話す次郎から覚えた小さな違和感。

思えばあのとき、次郎は達治が転居したという話にずいぶん食いついていた。

目黒に調査を依頼するとなると、よほどなにかを感じたのだろう。ただ、澪にはまったく予想がつかず、途端に言い知れない不安を覚えた。

「ええ。戦後に財閥解体の煽りを受けた高橋家は、所有していた土地のほとんどをGHQに買い叩《たた》かれました。結果、白砂神社しか残らなかったと聞いていましたが……、昨日、高橋達治の代で一度転居しているという話を聞いたので、旧家があった土地が今も存在するはずです。白砂神社よりもさらに奥まった場所という話でしたし、大きな開発計画でもない限りは、売却は難しいでしょうから」

「なるほど。ちなみに、その土地を探る理由を伺っても」

「ええ。まだ推測の域を出ませんが、――その場所こそが、仁明の体の在処《ありか》の候補になり得るのではないかと」

「は……？」

呆気《あっけ》に取られたのは、目黒だけではなかった。

澪もまた、あまりに衝撃的な発言に頭が追いつかず、ただぼんやりと次郎を見つめる。

しかし次郎はいたって真剣な様子で、さらに言葉を続けた。

「まず前提として、高橋達治にはこちらの情報がほぼ流れていると考えられます。これまでの調査結果や我々の推測はもちろん、目下の課題である仁明の力を封印する方法に関しても、すべて」

「ちなみに、情報を流しているのは、……高木さんですか」

「さすが、高木の家系に関しても調査済みのようですね。まさにその通りで、私は、高木と高橋達治は協力関係にあると考えています。……ただ、目的はおそらく我々と同じです。向こうは向こうで、我々より先に仁明の力を封印しようとしている」

「……理解が、できないのですが」

頭の切れる目黒が戸惑う様子は、とても珍しい。

ただ、これほど奇想天外な話を前に、そうなってしまうのも無理はなかった。

「確かに、同じ目的を持ちながら別々に行動するのは非効率で、足の引っ張り合いにもなり得ます。……が、我々と高橋達治サイドは、到底協力し合えない因縁がある。これもすでに調査済みかと思いますが、なにせ向こうは、私の家系である吉原グループを、深く恨んでいますから」

「ええ。存じています。つまり、吉原家の人間である長崎さんとは、手を組むという発想自体がないということですね」

「ええ。……一方で、高橋達治は、実の弟が大変な事件を起こしてしまったことを、酷《ひど》く悔やんでいました。しかも、当の仁明はいまだに捕まっておらず、同じことを繰り返しかねないという不安を抱えています。……そこで、高木に探りを入れたのではないかと」

「仁明に関する調査情報を知るために、ですか」

「おそらく。なにせ、高橋家は霊能力においては指折りですが、高木のような調査能力はありません。もし同じレベルで調査するなら、膨大な資金がかかります。ですから、占い師の存在を含め、仁明の体を利用されている可能性まで、高木からの情報によってすべてを知ったのでしょう」

「あの高木さんが、調査情報を流すとは」

「当然、高木がなんの利もなく情報を流すはずはありません。ですから、交換条件を提示されたのではと予想しています」

「交換条件、ですか」

二人の会話を聞きながら、澪はなんとなく、この話の行き着く先を察しはじめていた。

一哉《かずや》の命を奪い、吉原家を引っ掻《か》き回した自らの血脈を憎み続けた高木が、あえて達治に協力しようと考えた理由も。――そして。

「ええ。……おそらく、〝情報を流すならば、仁明の力を封印する役目は自分が担う〟

といった内容だったのではないかと」

「……そういうことならば、あり得るかもしれませんね」

目黒が頷《うなず》いた瞬間に、澪もまた、すべてが腹落ちしていた。

高木は、もっとも危険な役割を次郎や東海林にではなく、高橋達治に託そうとしているのだと。

だとすれば、いかにも高木らしい考えであり、澪たちに言うわけにいかない心情も理解できる。

しかし、目黒はすぐに次の疑問を呈した。

「ただ、封印というものがいまいち理解できていない上での疑問なのですが、……東海林さんにお任せするような難しいことが、高橋達治に可能なのでしょうか」

それは、東海林の実力を少しでも知る者にとっては、当然の疑問だった。

けれど、次郎は迷いなく頷く。

「彼も高橋家の人間ですし、確実に弱っている今の仁明が相手であれば、可能性はあるかと。ただし、その方法などの知識に関しては東海林さんにまったく及ばないはずですから、高木からの情報を参考にしたのだと考えられます。結果、封印の前に魂を呼び戻す必要があることを知り、そのためにもっとも最適な素材を、我々には渡さず自らが確保しているようですから」

もっとも最適な素材とは、臍《へそ》の緒に他ならない。

澪は昨日達治が見せたわずかな動揺を思い返しながら、改めて納得していた。

「なるほど。ここまでは、理解しました。ただ、高橋達治の情報源が高木さんだとするなら、結局、その進捗《しんちょく》は我々と大差ないのでは。高木さんがこちらへの情報を出し控えたとしても、こちらサイドの情報源は彼だけではありません。そもそも、仁明の体を見つけないことには、なにも始まりませんから」

目黒が口にしたのは、まさに昨日、次郎が語っていた内容と同じだった。

つまり、スピード勝負という意味では、どんなに優秀な素材を手に入れていようとも、結局は先に仁明の体を見つけた方に軍配が上がる。

しかし。

「その通りです。ただし、もし高橋達治がすでに仁明の体の在処について見当をつけているとすれば、――もっと言えば、すでに自分のテリトリー内に確保しているとすれば、話は変わってきます」

次郎の言葉で、目黒は大きく目を見開いた。

束の間の、沈黙。

やがて、目黒は表情にわずかな動揺を残したままゆっくりと口を開く。

「つまり、……ここで、長崎さんが先程仰《おっしゃ》っていた、高橋家が所有する土地こそが、仁明の体の在処の候補になり得るという推測に繋《つな》がるわけですね。むしろあなたは、かなり高い確度で、すでに存在すると思っていらっしゃるようだ」

理解が早い目黒とは逆に、澪の思考は完全にストップしていた。しかし、質問を挟む隙など与えられないまま、次郎はさらに言葉を続ける。

「まず重要な点として、高橋達治は仁明の実兄であり、同じ恨みを糧に生きてきた同志でもある。その兄弟の絆《きずな》に関しては、占い師もよく理解しているはずです。なぜなら、仁明の魂から記憶を覗《のぞ》き、吉原家に対する恨みを知った上で、代わりに復讐《ふくしゅう》することを提案したわけですから。つまり、占い師にとっての高橋達治は、――あくまで利用するという意味においては、一定の信頼をおける人物であると考えられます」

「ということは、……たとえば高橋達治がコンタクトを取ってきた場合は、応じる可能性が高いと」

「その逆の方があり得ます。占い師にコンタクトを取るのが困難であるという理由も大きいですが、それだけじゃない。なにせ、占い師は身を潜めなければならないという焦りを持ちながら、仁明の体が手元にあるぶん身動きが取り辛《づら》く、ある程度追い詰められた状況にある。なので、――たとえば瀕死《ひんし》の仁明を偶然発見し、匿《かくま》っているなどといった体裁を装い、兄の達治に協力を要請する可能性は十分にあるかと」

「……なるほど。ちなみに、長崎さんは先程から仮説だと仰っていますが、……両者がすでにコンタクトを取っているとお考えですか？」

疑問形ながらも確信めいたその語調に、澪の心臓がドクンと跳ねた。

おそるおそる次郎の様子を窺《うかが》うと、次郎は少し間を置き、ゆっくりと頷く。

「可能性は高いでしょうね。……なにせ高橋達治は、仁明の魂を体に呼び寄せるための素材として、我々に数珠を渡しました。最適とされる肉体の一部には遠く及ばないが、素材として成立する以上、たいした時間稼ぎになりません。……それは、逆に言えば、たいした時間稼ぎは必要ないということです」

「……すでに、高橋家の旧家の場所に仁明の体があると」

「個人的には、十分あり得ると思っています。高橋達治は、仁明の体をひとまず手の届く位置に確保した後でお札と封印の準備を整え、占い師の隙を見て封印するつもりなのではないかと。……いかにも高木が考えそうな流れですから」

「なるほど。……そういうことですか」

目黒が頷いたのを最後に、部屋はふたたびしんと静まり返った。

そんな中、怒濤《どとう》の勢いで進行していく二人の会話にようやく理解が追いついた澪は、次郎がそこまで考えていたことに、ただただ驚いていた。

なにより衝撃なのは、達治がすでに占い師とコンタクトを取っているという、確信に近い仮説。

まさかと思う一方で、次郎の説明には突っ込みどころがなく、もっと言えば「高木が考えそう」という言葉には強い説得力があった。

やがて、しばらく考え込んでいた目黒が、ふいに口を開く。

「ちなみにですが、いっそのこと彼らにすべてを託すというお考えはないのでしょうか。

高橋達治が兄として責任を取りたいと考えているのなら、そうさせればよいと私は思うのですが。危険な役割を、わざわざ競ってまで担う必要などないのでは？」

それは、至極真っ当な意見だった。

ただ、澪にとって、それに対する答えはとても簡単だった。

「どうしても競わなきゃいけない理由は、……高木さんが関わってるからです。勝手に責任を感じて、自分一人で抱え込もうとしてるから……、ですよね、次郎さん」

込み上げるまま口を挟んだ澪に、次郎が頷く。

「新垣が言った通りです。仁明が過去に起こした一連の事件に関して、高木にはなんの関係もない。ですから、勝手に責任を取らせるわけにはいかないのです。……絶対に」

「非効率であっても、ですか」

「ええ。効率の問題ではないので」

「なるほど」

冷静で頭が切れ、いつも無駄のない目黒からすれば、滑稽《こっけい》に映るのだろうかと澪は思う。

ただ、それが次郎にとっていかに重要かを、澪は嫌という程理解していた。

すると、目黒は意外にも、わずかに表情を緩める。

「では、一刻も早く高橋家の旧家があった場所を調べましょう」

そう言ったかと思うと、早速携帯を手に澪たちに背を向けた。

「えっ、あの」

「一件電話をしたらすぐに戻ります。地上に出ないと電波が入りませんので」

「い、いえ、そうじゃなくて、そんなにあっさり納得されるとは思わず……」

驚きと戸惑いからつい引き止めてしまった澪に、目黒は振り返ってさも当たり前のように頷く。

「納得しようがしまいが、私の協力は沙良様を救っていただいたお礼ですので、関係ありません。……ただ、あくまで先程頂いたご説明に関しては、納得できる内容でした。そもそも、効率を重視される方々ならば、沙良様は採用されていなかったでしょうから、私はそこを非難できません」

「目黒さん……」

「それに、新垣さんは少々誤解なさっているようですが、私は効率がすべての人間ではありません。すべてを無視してでも行動すべき場合があるということは、十分理解しています。……では、後ほど」

目黒はそう言い放ち、今度こそその場を後にした。

意外な言葉に呆然《ぼうぜん》としていると、次郎も同じ気持ちだったのだろう、眉間《みけん》に皺《しわ》を寄せる。

「摑《つか》めない男だな」

「そう、ですね……。でも、目黒さんって見た目と違って案外熱い人なのかも。最初はちょっと変わってるなって思ってましたけど」

「今でも十分変わり者だろ」

「それは、そうなんですが。……多分、感情がわかり辛いせいですよね。だけど、案外純粋な人に限って、壁が厚いものなのかもって思うんです。安易に立ち入らせてしまったら、すぐ共感しちゃうから」

「……意外と真理を突いてるな」

「そ、そうですか？」

鼻で笑われるかと思いきや、思いがけない同意に、澪は動揺する。

しかし、その瞬間にふたたび目黒が戻ってきて、会話は中途半端に途切れた。

澪は慌てて姿勢を正し、目黒を見上げる。

「ど、どうでした？」

鋭い視線を返されると、目黒の噂をしていたことが見透かされてしまうような気がして、ついつい目が泳いだ。

しかし、幸い目黒がそれに触れることはなく、ゆっくりと頷《うなず》く。

「ええ、調査は問題ありません。午前中のうちに報告できると思いますので、しばらくお待ちください」

「そんなに早く……」

「さほど難しい内容ではありませんから」

思った以上のスピード感に、澪は、重ね重ねこの人が味方でよかったと痛感していた。

「では、よろしくお願いします」

一方、次郎はお礼を言うやいなや、早々に立ち上がって出口へ向かう。

澪も慌ててその後を追いながら、すれ違いざまに目黒に深々と頭を下げた。

「本当にありがとうございます。助かります」

「なんなりと」

「では、連絡お待ちしてますね！」

「ええ。ところで新垣さん」

「はい？」

「あなたはいつも、案外、真理を突いていますよ」

「は……？」

会話を聞かれていたのだと察するまで、少し時間が必要だった。

澪はすっかり硬直したまま、失礼なことを言っていなかっただろうかと、慌てて次郎と交わした会話を頭の中で思い返す。

かたや、目黒は澪に向けた目を細め、ほんのかすかに笑った。――正確には、笑ったように見えた。

「あまり見抜かないように」

「えっ……、見抜……」

「追いて行かれますよ」

「あっ……！　は、はい……！」

　ふと気付けば次郎の姿はもうなく、途端に我に返った澪は、慌てて後を追う。

　しかし、目黒との珍しいやり取りと、一瞬だけ見せた珍しい表情に、動揺が収まらなかった。

　妙な高揚感から一気に地上への階段を駆け上がると、建物の前で待っていた次郎が澪の様子を見て眉根《まゆね》を寄せる。

「どうした」

「い、いいえ、ちょっと破壊力が」

「は？」

「な、なんでもないです」

　次郎は誤魔化す澪を明らかに訝《いぶか》しんでいたけれど、結局それ以上追及することなく、コインパーキングへ向けて歩きはじめた。

　澪はひとまずほっと息をついたものの、次郎の雰囲気がどこかいつもと違う気がして、ふいに胸騒ぎを覚える。

「次郎さん……？」

　声をかけても反応はなく、顔を覗《のぞ》き込むと、いつになくぼんやりとしているように見えた。

その珍しい姿には一瞬驚いたけれど、すぐにそれも無理はないと思い直す。

目黒に対してはいたって冷静に見せていたが、高木の単独行動の可能性に次郎が気を揉《も》まないわけがないと。

「……心配、ですよね」

思わずそう口にすると、次郎は我に返ったように瞳《ひとみ》を揺らした。

それから澪と目を合わせ、小さく溜《た》め息をつく。

「悪い。考えごとをしてた」

「いえ……、気持ちはわかります。私だって、高木さんが責任を感じるのは嫌ですから。大体、人にはいつも『一人で抱え込まないで』って言う癖に、自分はあんなこと、……矛盾してます」

「……そうだな」

次郎は頷き、駐車場に入ると、精算機のパネルを操作する。――そして。

「まあ、好きにはさせない。……あいつも、俺にそうさせなかった」

ついでのように零《こぼ》れた呟《つぶや》きが、澪の心の中に、いつまでも余韻を残した。


衝撃の展開を迎えたのは、早くもその日の午後のこと。

まず、昼前に目黒から届いた連絡により、高橋家が白砂神社の敷地以外に所有する土地の存在が明らかになった。

程。

その場所は、達治が話していた通りずいぶん山深い場所にあり、面積は二百五十平米程。

さらに、目黒が補足として添付してくれた衛星写真によれば、今もまだ小さな建物が残っていた。

それは、仁明の体は高橋家の旧家の場所に隠されているのではという、次郎の推測の確度が格段に上がった瞬間だった。――そして。

「――さっき高木くんのオフィスに行ったんだけど、いなかったんだよね。あの人が休むことなんてあるんだ?」

吉原不動産での業務を終え、第六に出勤してきた晃のなにげない呟きで、澪はたちまち嫌な予感を覚えた。

「高木さんが、休み……?」

「っぽいよ。実は、学校の調査のときに高木くんからインカムを回収し忘れちゃってて、あっちに出勤したついでに会いに行ったんだけど、いなくて。デスクにも、出社した形跡がなかったし」

「…………」

高木がこの多忙なタイミングで休みを取るなんてあり得るだろうかと、込み上げる違和感に澪の心拍数がみるみる上がった。

次郎も同じことを考えていたのだろう、動揺を隠しきれないといった表情で、執務室から出るよう澪と晃を視線で促す。

沙良は不思議そうな表情を浮かべていたけれど、空気を読んだのか、まるで会話など聞こえていないかのようにふたたびパソコンに視線を落とした。

それから応接室に移動すると、次郎は座る間も惜しむように晃に視線を向ける。

「溝口。吉原不動産の勤怠状況にアクセスできるか？」

「え？……そりゃ、シス管が管理してるんだから余裕だけど、……なんで？　まさか、高木くんの出勤情報調べる気？　そんなの本人に聞けばよくない？」

「頼む。詳細は後で説明する」

「……まあいいけど、なんかやばそうだね」

晃はそう言いながらも早速パソコンを開き、すぐに勤怠システムの管理画面へとアクセスすると、高木の名前で検索をかけた。

そして、表示された結果を見て、目を見開く。

「あれ……？　これって合ってる……？」

晃が困惑するのも無理はなく、高木のここ最近の勤怠状況には、「有給」と表示された箇所がいくつか確認できた。

今日も終日有給となっており、次郎は険しい表情を浮かべる。

「今日も高橋達治のところだったら、……まずいな」

次郎の呟きで、澪の全身からスッと血の気が引いた。

もしその予想が合っていたなら、今日は臍《へそ》の緒を入手して以来初の往訪となり、――つまり、向こうはすでに準備が整ったのではないかという推測が浮かんだからだ。

「次郎さん……」

「……わかってる」

頷《うなず》いた次郎の声には、わかりやすい程に焦りが滲《にじ》んでいた。

「早く、行かなきゃ……」

いてもたってもいられずそう訴えると、次郎は少しの間黙って考え込み、ゆっくりと頷く。そして。

「とにかく、東海林さんに連絡するから一旦《いったん》落ち着け。こっちの準備ができていなければ、追っても意味がないだろ」

そう言って澪の肩に触れ、携帯を手にエントランスへ向かった。

とはいえ、この局面で落ち着けるはずなどなく、残された澪はエントランスに聞き耳を立てる。

そのとき。

「つまり、高木くんがなにか企《たくら》んでるってこと？」

晃からのストレートな問いで、肩がビクッと震えた。

もちろん晃に隠すつもりなどなかったけれど、高木が関わっている以上、言い方とタイミングが重要だと思っていた澪はつい動揺する。

しかし、晃は不安げな表情ひとつ見せることなく、呆《あき》れたように笑った。

「その反応、肯定してるも同然じゃん」

「いや、その……」

「まぁ、あの人が裏切るってことはないだろうから、さしずめ部長さんに無駄な気を遣って、勝手な暴走をはじめたってところかな。……どう？」

「…………」

なにも話していないというのに、まるで最初からすべてを知っていたかのようにスラスラと正解を口にする晃に、澪の思考は固まる。

ただ、「あの人が裏切るってことはない」とはっきり言い切った晃の言葉には、澪の動揺をあっさりと消し去ってしまうくらいの安心感があった。

「どうしてそんなに察しがいいの……？」

「やっぱ合ってた？　高木くんって案外行動原理が単純だからさ、そういう人って読みやすいじゃん。……それに、今になって考えると、衛星写真の報告のタイミングもおかしかったしね。ほぼ事後報告っていうか。まぁそれは後付けなんだけど」

その話を聞きながら、さすがの観察力だと澪は感心する。

晃はそんな澪に普段通りの笑みを浮かべ、次郎が電話をしているエントランスをチラリと覗いた。

「で、今から高橋達治さんのところに行く気でしょ？　もちろん僕も行っていいんだよね？」

「そ、それは、次郎さんに聞いてみないと」

「なら平気。部長さんを説得するのは慣れてるから。それに、冷静な人が一人くらいいた方がいいと思うし」

晃がサラリと口にしたその言葉で、今回ばかりは次郎も「冷静な人」に含まれないのだと澪は察する。

それも無理はなく、これから向かう先では、次郎と仁明が対面する可能性がおおいにあった。

たとえ仁明に意識がなかったとしても、兄の命を奪った張本人を前に次郎がどんな心境になるのか、澪にはとても計り知れない。

当の次郎は仇打《あだう》ちなんて考えていないと話していたけれど、いざ因縁の相手を前にして、絶対に極端な行動に出ないなどという確信は持てなかった。

「確かに、晃くんがいてくれた方がいいかも」

「でしょ」

「………」

「いや、そこまで不安にならなくても平気だと思うけど」

「そう、だよね」

「にしても、高木くんに部長さんに、心配な人が多すぎ」

晃の呟《つぶや》きに、澪も密《ひそ》かに同意する。

ただ、それと同時に、もしすべてが上手《うま》くいったときは、ようやく皆が本当の意味で仁明から解放されるのだという希望もあった。

心に複雑な思いが入り乱れる中、澪は一度深呼吸をして気持ちを落ち着かせる。

すると、そのとき。

「――これから病院に寄って、白砂神社に行くぞ」

電話を終えた次郎が、エントランスから澪にそう声をかけた。

「あの、東海林さんの方は……」

「急場凌《しの》ぎにはなるものの、一応使える状態にしてくれるらしい。……かなり無理をさせるとは思うが」

「……そう、ですよね」

「そのぶん無駄にできないだろ。行くぞ」

「はい！」

「……溝口、お前も付いてきてくれ」

「え、嘘、逆に頼まれちゃったし」

「嫌ならいいが」

「行く行く行く」

晃とのやり取りは一見すると普段通りだが、次郎自身も仁明と対面したときの自分に不安を感じているのだろうかと想像すると、胸が鈍く疼《うず》いた。

ただ、だからこそ、晃に頼った次郎の決断には込み上げるものがあった。

かつて第六物件管理部を一人で運営していた頃の次郎は、誰にも頼ろうとしなかった
のにと。

思いがけず次郎の変化を目の当たりにしたせいか、澪は、さっきまで心に渦巻いてい
た漠然とした不安が、鳴りを潜めていることに気付く。

「じゃあ、行きましょう。……できるだけ急がないと。すぐ準備してきます！」

途端に覚悟が決まり、澪は荷物を取りに執務室へ向かうと、どこか不安げにしている
沙良のデスクへ行ってその手をぎゅっと握った。

「ちょっと出掛けてくるから、オフィスを頼むね」

気合いの表れか、大袈裟《おおげさ》な挨拶《あいさつ》になってしまったけれど、沙良はなにも聞くことなく、
ただ穏やかに微笑んでみせる。

「ええ。お戻りをお待ちしています」

「ありがとう。行ってくるね」

澪は頷き、同じく準備を終えた晃と執務室を出ると、エントランスで待っていた次郎
と一緒にオフィスを後にした。

不思議と、不安や恐怖心はなかった。

そのときの澪の心にあったのは、なにかが終わる予感と、逆になにかが始まる予感の

み。

どちらも漠然としているけれど、不思議と強い存在感を放っていた。

「――前にね、宮川さんのボディガードの占い師に占ってもらったんだけどさ。そしたら僕、五年以内に結婚する可能性が三十パーセントなんだって。モロに世間の統計通りなんだけど、それって占いって言っていいの？」

「晃くん、あまりいじめないであげて」

「いじめてないし。ただ、あまりに曖昧《あいまい》だからスッキリしなかったってだけ。天気予報で言うなら、晴れときどき曇りところにより雨または雪、みたいな。それって、とりあえず家にいよっかな、くらいの参考にしかなんないじゃん」

東海林から無事お札と式神を預かり、いよいよ群馬へ向かう道中、晃は休む間もなく喋《しゃべ》り続けていた。

内容はどれも取るに足らないものだったけれど、お陰で考えごとをする隙ひとつ与えられず、車内の雰囲気も想像した程重くはならなかった。

当然すべて晃の狙いだろうとわかっていた澪は、まるでオフィスで繰り広げるような軽い内容すら必要以上に真剣に考え、相槌《あいづち》を打つ。

そうでもしなければ、今日だけは絶対に失敗できないというプレッシャーに押しつぶされそうだった。

「でも、逆に、占いで百パーセントって言われる方が私は怖いよ」

「そりゃ、百パーなんて言い出したら、もはや預言だからね。……ってか、預言者って実在すんのかな。ねぇ、部長さんは本物の預言者に会ったことある？　海外を放浪していろんな霊能力者と会ったんでしょ？」

「ある」

「え、嘘、あんの？　どんな人？」

「とくに預言者と名乗っているわけでもない、カトマンズの麓《ふもと》に住むごく普通の爺《じい》さんだ」

「へ、へぇ……。普通の爺さんって方が逆に信憑性《しんぴょうせい》あるね」

驚いたのは、いつもなら「うるさい」と一蹴《いっしゅう》しそうな次郎すらも、晃の会話に応じていたこと。

そんな滅多に見せない様子から、次郎も同じような心境なのかもしれないと、澪は密かに考えていた。

やがて車は高速を降り、白砂神社へと続く山道へ差しかかる。

しかし、次郎はすぐに脇道に逸《そ》れ、これまでに通ったことのない険しい道を進みはじめた。

おそらく、今は高木に見つかるわけにいかないという考えから、あらかじめ別のルートを考えていたのだろう。

なにせこの辺りは長い一本道であり、行き先が同じ高木と出くわしてしまう可能性があるからだ。

とはいえ、その道はカーナビにも認識されておらず、次郎の車がギリギリ通れる程度の道幅しかなかった。

「ねえ、この道大丈夫？　行き止まりになったら詰まない？」

さすがの晃も不安に思ったのか、後部シートから身を乗り出し、正面に広がる鬱蒼《うっそう》とした景色に眉《まゆ》を顰《ひそ》める。

しかし、次郎の表情に迷いはなく、突如、晃に自分の携帯を渡した。

「それは、目黒から送られてきた、目的地までの迂回路《うかいろ》が記された地図だ。一応ざっと頭に入れてるが、逸れたら教えてくれ」

「えっ……！　そんなのいつの間に……ってかこの地図静止画じゃん！」

なにごとかと澪も横から携帯を覗《のぞ》き込むと、そこに表示されていたのは、ルートと思《おぼ》しき赤い線が引かれただけの、簡素な地図の画像。

その赤い線は蛇行しながらも一応本線に沿って走っており、ピンチアウトして全体図を確認すると、ずっと先に合流地点があった。

ただ、これでは現在地の見当すらつかず、頼まれたのが自分だったら終わっていたと、澪はほっと胸を撫《な》で下ろす。

かたや、次郎は平然と晃への指示を続けた。

「カーナビと地形を比較しつつ、ざっくりでいいから方向を判断してくれ。とにかく、本線との合流地点に着きさえすればなんとかなる」

「言われなくても、こんなんじゃざっくりしかわかんないよ……」

「間違えたら、お前が言った通り詰む」

「冗談でしょ……。ってかこの道、結構細かく枝分かれしてるじゃん……、不安すぎ……」

晃はぼやきながらも、カーナビ画面と次郎の携帯を真剣に見比べる。

しかし、さすがと言うべきか、数分もすればすっかり落ち着きを取り戻した。

「えっと……、今走ってる緩いカーブの後に、目視できるかどうかは別として十字路があるっぽいから、それを直進ね。あと、この先しばらく激しく蛇行してるから、スピード落として」

「了解」

その的確な案内に、澪はただただ感心する。

やがて本線との合流地点が近づくにつれ道もわずかに広くなり、晃はほっと息をついた。

「まさかこんな原始的なナビ役をさせられるとは」

「ご苦労さま……。私だったらとっくに迷ってたと思う」

「いや、さすがに僕も自信なかった。……にしても、誰がこんな道引いたんだろうね。

今は全然使われてなさそうだけど、多分農道でしょ？　昔は奥に農地でもあったのかなぁ」

「こんな山奥に……？」

「そうでもなきゃ、こんな道必要ないじゃん」

「それは、そうだけど……」

「――ここら一帯は、かつて高橋家が所有していた土地だ」

ふいに次郎が言葉を挟み、しかも高橋家の名が出て、澪は思わずドキッとした。

視線を向けると、次郎はさらに言葉を続ける。

「高橋家が戦後にほとんどの土地を失ったという話は知っての通りだが、その内、小作地のほとんどは、いわゆる農地改革に準じて国に買い上げられ、小作人に安く売り渡された。この辺りの元農地もそれに該当するらしい」

「あー……、なんかそれ、大昔に授業で習った気がする。農村を地主の支配から解放するための民主化政策だっけ。それもGHQがやったんだよね」

「ああ。結局は高齢化と後継者不足でここらの農業は廃れ、今はこの有様だが」

その淀《よど》みない口調から、澪はふと、次郎は戦後に高橋家が吉原家を恨むに至った経緯を知った後、実際に手放すことになった土地のその後の詳細を調べあげていたらしいと察した。

澪が達治から事情を聞いたときは、ただの逆恨みだと憤るばかりでそれ以上頭が回らなかったけれど、吉原家の人間である次郎が真実を知りたくなるのは、ある意味当然と言える。

ただ、次郎が農地改革のくだりを語りはじめた瞬間から、澪はわずかな違和感を覚えていた。

「あの……、確か、高橋家が持っていた土地のほとんどが、最終的に吉原家の手に渡ったっていう話でしたよね？　だからこそ、吉原家を妬《ねた》んだっていう……」

もっとも引っかかったのは、手放さざるを得なかった土地の中には、農地改革で小作人に売り渡されたものもあったという話。

すると、晃が即座に反応した。

「確かに。まぁ前々から皆が思ってたことだろうけど、高橋家が恨むべきは明らかに国だよね。結局は、吉原家より再生能力が劣ってたってだけじゃん」

まさにその通りだと、澪は心から同意する。

当時の高橋達治や仁明の思考回路など想像しても無意味だが、ただ、そこから生じた恨みで一人の人間が殺されていると思うと、今さらという言葉で簡単に流すことはできなかった。

一方、次郎はまるで他人事《ひとごと》のように平然と頷《うなず》く。

「だとしても、国なんて漠然としたものを恨んだところで、どうすることもできないからな。実際に怒りをぶつけられる相手として、吉原家が最適だったんだろう」

「そんな身勝手な……」

「逆恨みとはそういうものだ」

「…………」

その、もはや悟りきった様子に、澪は口を噤《つぐ》む。

本音を言えばまだまだ言い足りなかったけれど、次郎がこうも冷静になるまでにどれだけの葛藤《かっとう》を繰り返してきたのだろうと想像すると、どんな言葉も軽々しくなってしまいそうだった。

「でもほら、今日で全部終わりにできるかもしれないしね」

沈んだ空気を変えようとしたのだろう、晃のひときわ明るい声が車内に響く。

気遣いの手前ひとまず頷いたものの、そう簡単に終わりにできないからこそこうして悲劇が連鎖していくのだと、心の奥の方で燻《くすぶ》っているやりきれない気持ちを、澪はただ持て余していた。

しかし、そんな思いも、車が合流地点へ差し掛かった頃には、膨らみはじめた緊張によってかき消される。

やがて車は本線と合流し、間もなく白砂神社への分岐を通り越して、ついに高橋家の旧家へ向かう道を進みはじめた。

そこからは道幅がより狭くなり、舗装の劣化も目立ちはじめ、車は時折ガタガタと不安定に揺れる。

一応カーナビに認識されている道ではあるが、画面上では先の方で何度か分岐した後、プツンと途切れていた。

ちなみに、緯度経度で指定したゴール地点のピンが立っているのは、途切れた先からさらに百メートル程離れた、なんの目印もない山の中。

そろそろ目黒の地図の出番だと察したのだろう、晃は次郎の携帯を手に、険しい表情を浮かべた。

「道が途切れた後は、方向的には北に向かってまっすぐっぽい。……ただ、どこまで車で行けるのかわかんなくて怖いよね。もし行き止まりだったら結構やばいけど、進んで大丈夫？」

「問題ない。車で行けないような場所だったなら、そもそも占い師も仁明を運べないだろ」

「それはそうか。……にしても、その様子だと、部長さん的にはほぼ確定なんだね。そこに仁明の体があるって」

「確定というわけじゃないが、いろいろ辻褄《つじつま》が合うからな」

「まあ、それは確かに。……なんか、さすがに緊張してきたかも」

晃がそう言うのも無理はなく、澪の心拍数も、車が進むごとにひたすら上がる一方だった。

澪は膝《ひざ》の上のマメを抱き寄せ、ゆっくりと深呼吸をする。

そして、なにがあっても仁明の力を封印し、占い師から力を奪うのだと、――そうすれば、もう誰の安全も脅かされない平和な日常を迎えられるのだと、明るい未来を想像して覚悟を決めた。

やがて、カーナビ上で道が途切れると同時に、道路の舗装はすっかりなくなり、車はさっきの農道とほぼ変わらない、鬱蒼《うっそう》とした山道に差しかかる。

「目的地、そろそろだよ」

ぽつりと零《こぼ》した晃の呟《つぶや》きが、澪の緊張をさらに煽《あお》った。――そのとき。

「次郎さん……！」

突如、目線の先に異様なものを見つけ、澪は思わず声を上げた。

次郎は澪が指差す方向を見るやいなや、咄嗟《とっさ》にブレーキを踏む。そして。

「……式神だな」

車が止まった瞬間、ポツリとそう呟いた。

次郎の言葉通り、澪が見つけたものとはまさに式神。

それは、車のほんの数メートル先の木の枝に吊《つ》り下げられ、ヒラヒラと風に靡《なび》いていた。

式神が仕掛けられているということはつまり、この先に、――おそらく高橋家の旧家に、そうするべきなにかがあることを意味する。

三人とも同じことを考えていたのだろう、車内の空気はこれ以上ないくらいに張り詰めていた。

「あれって、占い師が仕掛けたものでしょうか……」

「おそらく」

「式神の役割は……？」

「見た目だけで判断するのは難しいが、占い師の仕業だとするなら、宮川の別荘と同じく侵入者に反応する仕掛けだろう。あれより先に進めば木偶《でく》人形が動き出すはずだ」

「逆に言えば、木偶人形が現れた瞬間に、占い師がここを使っているってことが確定しますね……」

木偶人形の恐ろしさを何度も経験している澪は、これまでのことを思い出して背筋がゾッと冷えた。

ただ、周囲の警戒が強い程、仁明の体がある可能性が上がるのも事実であり、妙に気持ちが昂《たかぶ》ってもいた。

かたや、次郎はエンジンを切って車を降り、なんの躊躇《ためら》いもなく式神の方へ向かう。

澪と晃が慌てて後に続くと、次郎は式神のすぐ手前で立ち止まり、鬱蒼と草が蔓延《はびこ》る足元を注意深く観察した。

「この辺りの草には人が踏んだ形跡が残ってるが、どれも昨日今日のものじゃないな。それに、新しいタイヤの痕《あと》もない。少なくとも、高木たちに先を越されてはいないらしい」

その言葉を聞いて、澪はほっと息をつく。

それから、改めて次郎の視線の先を確認してみると、確かに人が踏んだ形跡が、森の奥へと続いていた。

「じゃあ、これを辿《たど》れば高橋家の旧家があるってことですよね……？」

「建物が当時のまま残っているかどうかはわからないが、衛星写真を見る限り、この少し先に建物があるはずだ。地図によれば、すでにかつての集落に入っている」

「なるほど……。ちなみに、新しいタイヤの痕がないってことは、占い師のキャンピングカーも、ここしばらくは立ち寄っていないってことでしょうか」

「だろうな。キャンピングカーなんかで度々往復していればさすがに目立つし、身を潜めている間は近寄る気すらないのかもしれない。……まあ、俺らにはその方が都合がいいが」

「だけど、この式神どうしましょう……。進んだら木偶人形が……」

澪は、高い場所でヒラヒラと揺れる式神を指差す。

できるだけ早く仁明の体の有無を確かめたいけれど、もし西新宿のビルに閉じ込められたときのように大量の木偶人形が現れたときは、前に進むどころか命すら危ない。

すると、そのとき。

「今回も、ひとまず僕が行くってのは？」

意気揚々と名乗り出たのは、晃。

確かに、霊感がまったくない晃には霊障の影響がなく、つい最近も、慰霊碑に魂を返すという危険な役割をあっさりと成功させたばかりだ。

ただ、木偶人形に関しては同じように考えるわけにはいかず、澪は慌てて首を横に振る。

「木偶人形って、そもそも伊東夫妻が集落から住人を追い出す目的で使われてたものだから、標的は普通の人だし、晃くんだって安全じゃないよ……」

「そういえば、そうか。でも、要は民芸品と人の魂を使って作った人工的な幻覚でしょ？　材料が魂なら、やっぱ霊感がない方が影響は少ないんじゃないの？」

「それは……、どうなんだろう……」

「──だとしても、溝口にはお札も式神も扱えないだろ」

ふいに割って入った次郎の言葉で、考え込んでいた澪は途端に我に返った。

確かに、結界を張るときにも言えることだが、お札とは使う人間によって効果が大きく変わる。

もちろん、今回は東海林の念が込められている以上、そこまで顕著に差が出るとは考え難《にく》いが、かといって今の澪たちには試しているような余裕などない。

「だったら次郎さんか、最低でも私が行くべきですよね……」

「そしたら木偶人形が出てくるし……っていう堂々巡りになるじゃん」

「……………」

確かにその通りだと、澪は口を噤《つぐ》む。――しかし。

「なら、もはや強行突破の一択だな」

そう言ったのは、意外にも次郎だった。

普段の次郎なら到底考えられないその発言に、澪は唖然《あぜん》とする。

一方、次郎はすでに携帯で目黒の地図を拡大しながら、方向の確認を始めていた。

「あの、強行って」

「それ以外にないだろ。幸い、木偶人形に見つかろうが追われようが、仁明に辿り着けさえすればすべて終わる。なにせ、木偶人形の動力源は仁明の魂だからな」

「で、でも、もし仁明の体が見付からなかったら……？　全部、占い師の罠《わな》だったりとか……！」

「正直、その可能性もゼロじゃない。……が、かなり低いと俺は思う。そもそも、高橋達治と接触していること自体、これまでに見せた警戒心の強さを考えればあまりに異例だ。おそらく、苦肉の策だったんだろう。今の占い師に、わざわざ罠を仕掛ける余裕があるとは思えない」

「そう、でしょうか……」

「いずれにしろ、今の俺らにとって一番のリスクは時間を無駄に浪費することだ。少々無謀だろうがなんだろうが、仁明の体があることに賭《か》けて強行するのが、一番の危険回避とも言える」

「…………」

確かに一理あると思いながらも、これまでにないあまりに捨て身な作戦に、澪はなかなか首を縦に振ることができなかった。

ただ、心に深く刺さったのは、一番のリスクは時間を無駄に浪費することであるという言葉。

少なくとも、このまま悩んだところで安全な方法が浮かぶとは思えず、ぐずぐずしているうちに、高木に追いつかれる可能性もある。

「……旧家まで、どれくらいあるんでしょうか。もし、……また動きの速い四足歩行の木偶人形が出てきた場合、あまり距離があると振り切れません……」

──結果、澪にはもはや納得する以外の選択肢がなく、大きな不安を抱えながらも、強行する前提での質問をした。

次郎は頷《うなず》き、澪に携帯のディスプレイを向ける。

「周囲が鬱蒼としているせいでここからは目視できないが、たいした距離はないはずだ。そもそも、高橋家の土地自体二百五十平米とさほど広くない。それに、マメがいるぶん迷うことなく最短距離を進める」

名前に反応したのか、足元にマメがふわりと現れ、二人を見上げて大きく尻尾《しっぽ》を振った。

澪はその体を抱え上げ、ふたたび次郎を見つめる。

「つまり……、建物を見つけ次第どうにかして侵入して、仁明の体を捜して魂を呼び戻せば、少なくとも木偶人形の動きは止まるってことですよね。……もし、誰かが捕まっていたとしても」

「ああ。今回は後先のことまで考える必要がないぶん、気配を隠す必要もなく、ただひたすら走るだけだ。……単純でお前向きだろ」

やや力の抜けたその言い方に、張り詰めていた澪の心がわずかにほぐれた。

同時に、やるべきことが明確になったお陰か、覚悟も決まりつつあった。

表情からそれを察したのか、次郎は一旦《いったん》車に戻り、ダッシュボードから小型のハンマーとお札の束を取り出して澪に差し出す。

「さっきも言ったが、もし俺が捕まってもお前は目的を優先しろ。建物を見つけたら、ハンマーで窓を割って鍵《かぎ》を開け、入ったらすぐに内側からお札を張って木偶人形の侵入を防げ。……なにがあっても、絶対に怯《ひる》むなよ」

「……わかり、ました」

「俺と澪が二手に分かれた場合、溝口は澪のサポートを」

「了解！」

おそらく次郎は、西新宿のビルでの、次郎を助けるために無茶をした澪の行動を不安視しているのだろう。

はっきりとは明言せずとも、次郎の説明は、まるで自分が捕まることを前提としているかのように聞こえた。

正直、澪には次郎を助けた瞬間の記憶がなく、自分がどういう精神状態だったのかわからない以上、繰り返さない保証はない。

ただ、今回に関しては、目的さえ果たせば木偶《でく》人形も消えるという信用に足る仮説が立っているぶん、それが希望となって、なにがあっても自分を目的へと導いてくれるような気がした。

「始めるか」

覚悟が決まると同時に、次郎がそう呟《つぶや》く。

澪は頷き、マメを地面に下ろした。

「そうですね。……行きましょう」

そう言った途端、真っ先に飛び出したのはマメ。

澪たちもすぐにその後に続き、腰まである草を掻《か》き分けながら必死に悪路を進んだ。

周囲を観察する余裕などなかったけれど、実際に立ち入ってみて気付いたのは、地面のところどころに、石畳が敷かれていた形跡が残っていること。

その後も、かつては家屋があったと思《おぼ》しき瓦礫《がれき》の山や、無造作に放置された錆《さび》だらけの農具などが次々と目に入り、大昔にこの辺りで営まれていた暮らしの情景が、なんだかリアルに頭に浮かんだ。

しかし、——突如、目線の先の地面がボコ、と嫌な音を立てて隆起した瞬間、澪は思わず足を止める。

同時に、土の中から木偶人形と思しき腕が勢いよく飛び出してきた。

「き、きた……」

それはガクガクと不安定に揺れながら、ゆっくりと全貌《ぜんぼう》を明らかにしていく。

その様子を見るやいなや頭を過《よぎ》ったのは、沙良の別荘で夥《おびただ》しい数の木偶人形に追われた、怖ろしい記憶だった。

「澪ちゃん！」

「馬鹿、止まるな！」

二人の声ですぐに我に返ったものの、ふたたび走り出す澪の周囲では次々と地面が音を鳴らし、辺り一帯に土埃《つちぼこり》が舞う。

「いちいち反応せず、とにかく走れ！」

「すみま、せん……」

澪は無理やり動揺を抑えながら、次々と現れる木偶人形を避《よ》け、とにかく先へと進む。

――そして。

「澪、あそこに……！」

少し前を走る次郎が指差した先に、ようやく小さな建物が見えた。

それは木々に隠れるようにして立つ小さな平屋で、目にした瞬間に驚いたのは、想像していたよりもずっと外観が綺麗《きれい》に保たれていること。

よく見れば、その周囲を囲う木々も森に自生しているものとは違い、剪定《せんてい》された痕跡《こんせき》があった。

廃墟《はいきょ》としてはあり得ないその様相から推測できるのは、達治が今もなお、この家の管理を続けているということ。

理由は想像もつかないが、かなり大切に扱われていることは、すっかり瓦礫と化した周囲と比べれば明白だった。

「どうして、こんなに綺麗に……」

「……さあな」

次郎は首を捻《ひね》るけれど、その言い方にはなんだか含みがあり、澪の心がざわめく。――そのとき。

突如正面からひときわ異様な気配を覚え、澪の心臓がドクンと大きく鼓動を鳴らした。

それも無理はなく、澪はその気配に嫌という程心当たりがあった。

「次郎、さん……」

込み上げる不安から名を呼ぶと、次郎も同じことを考えていたのだろう、神妙な面持ちでゆっくりと頷く。――しかし。

次の瞬間、次郎は澪の体を思い切り突き飛ばした。

「……っ！」

まさかの出来事に抵抗する隙などなく、澪の体は思いきり地面に叩《たた》きつけられ、声にならない悲鳴が零《こぼ》れる。

しかし痛がっている場合ではないと、澪は即座に上半身を起こして視線を彷徨《さまよ》わせた。

すると、ついさっきまで澪がいた場所に見えたのは、忘れもしない、四足歩行の木偶人形の姿。

それは底冷えする程の殺気を放ち、両前脚で次郎の体を地面に押さえつけていた。

次郎は頭を打ったのか意識がないようで、晃が必死に次郎の体を引っ張り出そうとしているが、木偶人形はビクともしない。

そして、澪はようやく察していた。自分は、次郎に庇《かば》われたのだと。

「次郎さん……！」

慌てて立ち上がると、木偶人形の頭部がガクンと動き、澪の方を向く。——瞬間、木偶人形に重なるようにして、伊東千賀子《ちかこ》の顔がぼんやりと浮かび上がった。

どろりと濁った瞳《ひとみ》に捉《とら》えられ、背筋がゾクッと冷える。

必ず現れるだろうと覚悟していたものの、その姿は何度見てもおぞましく、そして、あまりに残酷だった。

呪いを使って集落の住人を殺した伊東夫妻の行為は非人道的であり、決して同情する気はないけれど、この悲惨な姿を見るたびに込み上げるのは、表現し難い歯痒《はがゆ》さ。

こうして魂を道具にし、人としての尊厳を奪い続け、占い師は神にでもなった気でいるのだろうかと。

そんな複雑な思いを抱えながら、澪は千賀子の木偶人形と目を合わせ、じりじりと距離を詰める。

そのとき。

『ワン！　ワンワン！』

マメの大きな鳴き声でハッと我に返った澪は、周囲を見回し、息を呑《の》んだ。

辺りにはいつの間にか大量の木偶人形が出現していて、地面は今もなお、ボコボコと不気味な音を鳴らし続けている。

想像をはるかに上回る数に、両脚が小さく震えはじめた。——しかし。

「……澪」

ふいに次郎から名を呼ばれて視線を向けると、次郎は朦朧《もうろう》とした視線で澪を見つめ、片手をゆっくりと上げる。

その手に握られていたのは、東海林から預かったお札と式神。

次郎がなにを訴えようとしているのかは、わざわざ聞くまでもなかった。

「……わかって、ます」

まるで自分に言い聞かせるかのような小さな返事が、胸を疼《うず》かせる。

本当は今すぐに駆け寄って助けたいけれど、咄嗟《とっさ》に澪を庇ってくれた次郎の思いと、託された希望を無駄にするわけにはいかなかった。

「マメ、お願い。あれを……、受け取ってきて」

そう言うと、マメは即座に駆け出し、次郎の手からお札と式神を抜き取り澪のもとへ戻る。

澪はそれをポケットへ突っ込むと、一度深呼吸をし、無理やり腹を括《くく》った。

「晃くん」

「えっ、待って取り込み中……！　ってか、聞いてた以上に化け物じゃんこれ！　どうすんの！」

「次郎さんを、お願いしていい……？」

「はっ……？　待っ……、でも、二手に分かれるときは澪ちゃんのサポートをって……」

「私は大丈夫だから。……晃くんが次郎さんを見ててくれた方が、集中できるの」

「や、でも……」

「お願い」

頭の回転が速い晃がこんなに迷いを見せることは、滅多にない。

そんな晃の様子が、状況の逼迫《ひっぱく》具合を顕著に表していた。

しかし。

「……じゃあ信じるわ。でも早くして」

晃は表情に焦りを残しつつも、いつもと変わらない口調でそう呟《つぶや》く。

そこには晃ならではの気遣いが溢《あふ》れていて、胸がぎゅっと締め付けられた。

「わかった……！　ありがとう……」

澪はお礼を言うと、後ろ髪を引かれるような思いで二人に背を向け、建物の方へ走る。

すでに周囲は木偶《でく》人形だらけで、少しでも躊躇《ためら》えば一気に囲まれてしまいそうだったけれど、澪は次々と伸ばされる手を振り払いながら、ひたすら建物を目指した。

そして、ようやく辿《たど》り着いたのは、玄関の前。

古い引き戸に小さな庇《ひさし》がかかるシンプルな玄関だが、そこもさっき覚えた印象の通り、人が住んでいてもおかしくないくらい綺麗に保たれていた。

念の為に引き戸に手をかけてみたものの鍵《かぎ》は開いておらず、澪は侵入できそうな箇所を探してひとまず建物の左側へ回る。

すると、左側は縁側になっており、格子状の木枠がついた大きな窓が四枚並んでいた。

澪はガラス越しに鍵の位置を確認し、枠の下の方にそれらしき金具を見つけると、次郎から預かった小型のハンマーを取り出す。

他人の家にこんな方法で立ち入るなんて、ひとたび冷静になればあり得ない行為だが、次郎たちのことを思えば躊躇いはなかった。

窓はハンマーを当てるといとも簡単にヒビが入り、澪は手首が通る大きさまで穴を広げると、鍵を開けてようやく窓を開け放つ。

しかし。

『ワン！』

マメの鳴き声で振り返ると、すぐ後ろには数えきれない程の木偶人形が迫っており、澪は慌てて中へ入って窓を閉め、次郎から指示された通りガラスの上にお札を貼った。

正直、自分が貼ったお札で上手《うま》くいくかどうか半信半疑だったけれど、しばらく待っても木偶人形が侵入してくる気配はなく、外からは、カリカリともどかしげに窓を引っ掻《か》く音が響く。

わずかに緊張が緩み、澪はその場でぐったりと脱力した。

しかし、当然ながらゆっくりしている暇などなく、澪はポケットから東海林のお札と式神を取り出すと、建物の中をぐるりと見回す。

そこから確認できたのは、廊下を隔てた縁側の正面に居間らしきスペースがあることと、廊下の奥に二箇所、部屋の入口と思《おぼ》しき襖《ふすま》が並んでいること。

外から見た建物の大きさ的に、それ以外に部屋があるとは考え難《にく》く、つまり、仁明の体があるとするなら、その二部屋のいずれかだろうと澪は思う。

十分に覚悟してきたつもりだったけれど、ついにここで仁明の体を見つけられるかもしれないと思うと、表現し難い複雑な感情が込み上げてきた。

それは恐怖や不安でも、かといって高揚感でもなく、あえて表現するならば、虚《むな》しさ。

散々次郎を苦しめてきた張本人が、この小さな家で、染みついた生活臭の中、意識もなくただ放置されているのだと思うと、ただ虚しかった。

けれど、たとえどんな状態であろうと怯《ひる》む気持ちはなく、澪は廊下を進み、まずは手前の襖に手をかける。

そして、込み上げる緊張を抑えながらおそるおそる開けた――ものの、そこはなにもない、ただの空っぽの和室だった。

ざっと見回しても、大の大人を隠せそうな箇所も見当たらない。

結局、澪はそこには立ち入らず、さらに奥の和室へ向かう。

ただ、廊下を奥へと進みながら、心の中ではじわじわと不安が膨らんでいた。

なぜなら、この家の中は逆に奇妙なくらいに静まり返っていて、わずかな気配ひとつ感じられなかったからだ。

仮にも生きた人間が隠されているだなんて、想像もつかないくらいに。

そうなると、嫌でも浮かんでくるのは、もし仁明がここにいなかったら――という、もっとも最悪な想像。

万が一、澪たちの動きが占い師にバレていたとして、仁明の体がすでに運び出されていたとしたら、次郎や晃を救うことができなくなってしまう。

考える程に、全身がゾッと冷えた。

そんな澪の不安をさらに煽《あお》ったのは、足元で忙《せわ》しなく視線を彷徨わせているマメの様子。

おそらく、マメも仁明の気配を感じ取れていないのだろう。

敏感なマメですらこの調子なら、もはやそれが結論も同然なのではないかと、澪の心はさらなる絶望に支配された。

それでも一縷《いちる》の望みをかけ、澪は奥の和室の前に立つと、襖に手をかける。

そして、これで自分たちの命運が決まるという恐怖を振り払うかのように、勢いよく開け放った——瞬間。

「………」

目の前の光景を理解するより早く、心臓がドクンと大きく鼓動を鳴らした。

あまりの気配のなさに諦《あきら》めかけていたけれど、真っ先に澪の視界に入ったのは、部屋の中央に横たわる、大柄な男。

それはまさに、澪が過去の記憶を通して何度も見てきた、仁明の姿だった。

「仁、明……」

なかば無意識に、震える声が漏れる。

当然ながら、反応はない。

澪は部屋に踏み入ると仁明にゆっくりと近寄り、すぐ傍に膝《ひざ》をつくと、改めてその顔を見下ろした。

頰は痩《こ》け、肌は青白く、おまけに気配がまったくないという死体も同然の有様だったけれど、近寄ればかすかな呼吸が聞こえてくる。

生きている、と。

かすかな命の気配を認識した瞬間に込み上げてきたのは、とても形にならない混沌《こんとん》とした感情だった。

「どう、して……」

魂を利用され、こうして粗末に扱われ、死んだ方がマシなくらい悲惨な状態だというのに、呼吸をしているという事実が、なんだか酷《ひど》く贅沢《ぜいたく》に思えた。

澪は衝動に駆られるかのように、仁明の首元にゆっくりと手を伸ばす。

喉《のど》に触れるやいなや伝わってくるかすかな体温にすら、嫌悪感を覚えた。

ふいに、――今なら簡単に呼吸を止めることができるのではないかと、そんなことを考えてしまっている自分がいた。

わざわざ大変な手を尽くして生かしておかなくとも、それもひとつの解決策ではないかと。――しかし。

『ワン！』

突如響き渡ったマメの鳴き声で、澪はハッと我に返る。

反射的に視線を向けるやいなや、力強い視線に捉《とら》えられた。

「マメ……」

『クゥン』

「ごめん、……私今、怖いこと、考えてた……」

澪は震えの止まらない手を見つめながら、自分の中に見つけてしまった怖ろしい衝動に戸惑っていた。

因縁の相手を前にすると、こうも我を失ってしまうのかと。

しかし、マメのまっすぐな視線のお陰か少しずつ震えが収まり、澪は魂を呼び戻すためのお札を手に、改めて仁明を見つめる。

『……クゥン』

「もう、大丈夫。……できる」

自分に言い聞かせるかのような呟きが、部屋にぽつりと響いた。

澪は東海林の説明を思い返しながら、お札を仁明の胸の上にそっと載せる。

しかし、仁明の体からは、目で見てわかるような変化は一向に確認できなかった。

どれくらいの時間を要するのか聞いておけばよかったと後悔しつつも、澪はひたすら反応を待つ。

部屋がしんと静まり返る中、耳を澄ませば、廊下の方からかすかに聞こえてくるのは、木偶人形がガラスを引っ掻く不気味な音。

その音を聞いているうちに、次郎は、晃は、今も無事でいるだろうかと、みるみる不安が込み上げてきた。

そして、――そんな耐え難い時間がようやく終わりを迎えたのは、お札を置いて数分程経った頃のこと。

澪はふと、仁明の顔にわずかに血色が戻っていることに気付いた。

あまりにも些細《ささい》な変化だったけれど、死体さながらだったさっきまでの顔色とは明らかに違っていて、澪は咄嗟《とっさ》に仁明の手に触れる。

すると、わずかながらも、さっきより体温が上がっているように感じられた。

「魂が、戻った……？」

正直、確信は持てなかった。

しかし、そのときふと、さっきまで絶えず響いていたガラスを引っ掻く音が、ぴたりと止まっていることに気付く。

おそらく、木偶《でく》人形が動きを止めたのだろう。

それこそが、仁明の魂が体に呼び戻されたひとつの証明と言えた。

どうやら上手くいったようだと、澪はひとまずほっと息をつく。

ただし、ここまではある意味想定内であり、澪たちがもっとも果たすべき困難な目的とは、仁明の力を完全に封印すること。

澪は高鳴る鼓動を抑えられないまま、仁明の体に置いたお札を回収すると、入れ替わりに封印するための式神を置いた。

ふたたび訪れる、沈黙。

さっきとは比較にならないくらいの緊張感から、鼓動がさらに激しさを増した。

それも無理はなく、もし東海林の力が仁明を上回っていなかった場合、この計画は失敗に終わってしまう。

強い不安とプレッシャーから、沈黙の一秒一秒が異常に長く感じられ、澪は落ち着かない気持ちでただただ式神を見つめた。

成功以外に道はないと、必死に祈りながら。――しかし。

そんな切実な思いを嘲笑《あざわら》うかのように、――突如、式神の折り目の隙間から、細い煙が上がりはじめる。

やがてそれは小さな炎となり、チリチリとかすかな音を立てながら、式神を少しずつ灰に変えはじめた。

「どう、して……」

突然のことに、澪の頭の中は真っ白だった。

ただ、これが好ましい反応でないことは、ゆっくりと黒ずんでいく式神の様子から一目瞭然《いちもくりょうぜん》だった。

失敗したのだと、じわじわと絶望感が込み上げ、澪は身動きひとつ取れず呆然《ぼうぜん》と炎を見つめる。

同時に、東海林の力ですら敵《かな》わないのならもう無理だと、心を諦めが支配しはじめていた。

しかし、そのとき。

ふいに遠くで小さな物音がしたかと思うと、続けざまに聞こえてきたのは、焦りの伝わる激しい足音。

それは床を大きく振動させながら、澪がいる部屋へとみるみる近付いてきた。

おそらく、次郎と晃が駆けつけたのだろうと澪は思う。仁明の魂が体に戻ったことで、二人は木偶人形から解放されているはずだからだ。

ただ、ほっとする一方で、二人がこの結果を知ったらどれだけガッカリするだろうかと、胸が苦しくて仕方がなかった。

澪は俯《うつむ》き、絶望的な気持ちで二人の到着を待つ。──けれど。

「……まさか、先を越されるとは」

足音が止まると同時に聞こえてきたのは、想定していた声とは違っていた。

驚いて振り返った澪の視界に映ったのは、高橋達治。さらに、その後ろには、高木の姿もあった。

「澪ちゃん……！」

高木は澪の姿に気付くやいなや慌てて駆け寄り、心配そうに顔を覗《のぞ》き込む。

「大丈夫？　怪我は？」

澪は混乱覚めやらないまま、ひとまず首を横に振った。

ただ、そんな状態でも、ひとつだけわかることがあった。

やはり高木は、次郎が推測していた通り、高橋達治と組んでいたのだと。

「どう、して……、そんなに、自分を責めるん、ですか」

反射的に零《こぼ》れたなんの脈絡もない疑問で、高木が大きく目を見開いた。

その反応から、どうやら質問の意図は伝わっているらしいと、澪はさらに言葉を続ける。

「まさか、……まだ、自分はそっち側だって、思ってるんですか……？」

「澪ちゃん……」

「どうして、いつも、そうやって……」

「――責任を感じてるわけじゃないよ」

突如言葉を遮られ、ふと見上げると、高木は穏やかに目を細めた。

「……皆に内緒で動いていたことは事実だし、心配をかけて本当に申し訳なく思ってるけど、……でも、責任を果たしたくて別行動を取ったわけじゃないんだ。……ただ、俺に高橋家の血が流れていることは紛れも無い事実だし、達治さんから、俺にしかできないことがあるって相談を受けて……」

「高木さんにしか、できないこと……？」

「やだな、もしかしてそんなの無いって思ってる？　……まあ、いつも醜態を見せてるし、無理もないか。でも、あるんだよ。ただ、それって達治さんと組まなきゃ成立しないことだったし、でも達治さんは吉原家とは組みたがらないから、黙っておくしかなくて。……ごめんね」

「あの……、全然、理解が……」

「そうだよね……。さっき外で次郎とも少し話したんだけど、実は俺、昔――」

「――悪いが、説明は後にしてくれないか。悠長にしている時間はない」

突如達治が割って入り、高木の説明は中途半端に途切れた。

澪の疑問はまったく解消されていなかったけれど、高木は達治に視線を向けると、小さく頷《うなず》く。そして。

「ともかく、――封印は俺がやる」

予想だにしなかった言葉を口にした。

「え……、なん……」

「東海林さんの式神、上手《うま》くいかなかったでしょ。多分、同じ血縁の方がいいみたいだから」

「だっ、たら……」

だとすれば、封印する役目は達治ではないのか、と。

浮かんだ疑問を口にする間は与えられず、高木は仁明の傍に正座をし、胸ポケットから式神を取り出す。

途端に部屋全体の空気がピリッと張り詰め、高木の醸し出す雰囲気が明らかに変わった。

言葉を失う澪を他所《よそ》に、高木は仁明の体の上で燻《くすぶ》っている式神を手に取って炎を握り潰《つぶ》すと、新しい式神を手にし、仁明の体に触れる。――瞬間、仁明の体がビクッと大きく跳ねた。

さっきとは明らかに違う顕著な反応に、澪は思わず息を呑《の》む。

達治はそんな澪の腕を引き、壁際まで誘導した。

「高木、さんは……、どうして……」

すっかり混乱した澪は、達治に疑問をぶつける。

すると、達治は澪をじっと見つめ、ゆっくりと口を開いた。

「かつて、私は正文《まさふみ》の力を封印した」

「え……？」

「正文は高橋家の末裔《まつえい》だ。しかも、一族の中でも特別高い霊能力の資質があった。……生まれた時点ですでにここを離れていた本人には、まったく自覚がなかったようだが」

「特別高い、資質……」

「……ああ。そして、仁明がいずれそれを利用するため正文に接触するであろうことを、私は想定していた。一度は私のもとで保護しようと思ったがそれは叶わず、……ならばせめてと、力を封印した」

「高木さんが仁明に狙われないために、ですか……？」

「理由はそれだけじゃなく、もっと身勝手なものも多くある。しかし、どれも簡単に話せるようなものではない。……ともかく、正文の力はここへ来る前に解放し、仁明を封印するための指南をした。正文になら、封印できるはずだ」

高木が封印を名乗り出た理由はなんとか理解できたものの、澪としてはまだ信じられないような気持ちだった。

吉原不動産で働き始めた当初から何度も一緒に調査へ行き、いつも真っ先に気絶していた高木が、本来は高い霊能力の資質を持っていたという事実に。

けれど、目の前の光景を見れば疑《うたが》いようがなく、澪は同じく戸惑っているマメを抱き寄せ、黙って高木と仁明の様子を窺《うかが》う。

すると、仁明の体はそれから何度も大きく跳ね、そのたびに家がビリビリと振動した。

意識がないというのに、まるで高木の力に必死に抗《あらが》っているかのようで、あまりの迫力に呼吸すら忘れそうだった。

しかし次第にそれも落ち着き、やがて仁明はすっかり動きを止める。そして。

「……終わったな」

長い静寂の後に零れた達治の呟《つぶや》きで、澪の緊張がわずかに解けた。

「……成功したってこと、ですか？」

「ああ」

「仁明は、どうなったんですか……？」

「力を失った。それだけだ」

「でも、高木さんみたいに、また封印を解くことができるんですよね……？」

「可能ではあるが、この後、私は警察に連絡するつもりだ。手配中の仁明は身柄を確保され、おそらく二度と自由にはなれないだろう。封印を解けるのは封印した当人のみだが、仁明はもう正文と会うことは叶わない」

「そう、なんですね……」

途端に、体からどっと力が抜けた。

しかし、高木だけはなかなか動こうとせず、澪はふと不安を覚える。

「高木さん……？」

声をかけたものの反応はなく、近寄って顔を覗き込むと、高木は心ここにあらずといった様子でなにかをブツブツと呟いていた。

「……あなたのせいで俺は、……母を、恨むことすら——」

聞こえてきたのは、まるで傷付いた子供のようなか細い声。

言葉の意味はわからなかったけれど、その表情はあまりにも辛《つら》そうで、澪は慌てて高木の手を取りぎゅっと握る。

「高木さん……！」

高木はビクッと肩を揺らし、ゆっくりと澪に顔を向けた。

「あ……、澪、ちゃん……」

「大丈夫ですか……？」

「ご、ごめん……、思ったより消耗が激しかったみたいで……」

「少しだけでも、休んでください」

そう言って背中を支えると、高木は静かに頷いて仁明から離れ、壁にぐったりと体を預ける。

よほど疲れたのだろうと、澪はその肩をそっと摩《さす》った。

そのとき。

「――まさか、高木を後継者にするつもりじゃないだろうな」

突然響き渡ったのは、よく知る声。

驚いて視線を向けると、部屋の入口には、次郎と、次郎を支える晃の姿があった。

二人とも体中傷だらけで、次郎はとくに酷《ひど》く、額から伝い落ちる血を見て澪は息を呑む。

「次郎さん、怪我を……！」

悲鳴混じりの声を上げると、次郎は大丈夫だとばかりに澪に頷き、それから達治を睨《にら》んだ。

達治はやれやれといった様子で肩をすくめる。

「心配しなくとも、一時的に封印を解いただけだ。正文の方が私よりも高い資質を持っていたために、やむを得ず協力を頼んだが、終わり次第すぐに封印することを条件にしている。……そもそも、後継者もなにも、仁明が捕まれば白砂神社はまた世間からの批判を浴び、もはや再生は不可能だろう。終わる瞬間まで私は守り続けるつもりだが、正文を巻き込む気など、さらさらない」

達治は気丈に振る舞っていたけれど、わずかに萎《しぼ》んだ語尾から隠しきれない苦しみが伝わってきて、澪の胸が痛んだ。

世間がどんなに批判しようとも、達治にとって先祖代々守ってきた白砂神社がいかに大切な場所であるかは、疑うまでもない。

だからこそ、終わる瞬間まで守り続けるという言葉の重さは、計り知れないものがあった。

部屋を、重い沈黙が包む。

そんなとき、次郎が突如ふらりとよろけ、その場に膝《ひざ》をついた。

「次郎さん……！」

澪は慌てて傍に駆け寄り、その体を支える。そして、次郎の頬に滲《にじ》んだ血をハンカチでそっと拭《ぬぐ》った。

「次郎さん、すみませんでした……、私のせいで……」

「……なんの話だ」

「木偶《でく》人形から庇《かば》ってもらいましたし、……私がもっと早く仁明を見つけていたら、こんな怪我を負わずに済んだのに……」

謝ると、次郎はやれやれといった様子で溜《た》め息をつく。

「いや、想定より早かった。……むしろ、お前に全部任せて悪かったな」

「そんな、私はたいしたこと……」

慌てて否定したけれど、次郎はゆっくりと腕を上げ、澪の頭にそっと触れた。

自分の方が何倍も辛《つら》そうなのに、澪を労《ねぎら》ってくれるその思いに、張り詰めていた気持ちが一気に緩んだ。

じわりと視界が滲んだけれど、今はまだ泣いている場合ではなく、澪は必死に涙を堪《こら》える。

するとと、達治がゆっくりと立ち上がり、澪たちに視線を向けた。

「……ともかく、君らはもう出なさい。私はこれから正文の力をふたたび封印し、ここで仁明を発見したと警察に連絡する」

「だけど……」

「残ると面倒なことになるぞ。……早く行け」

「……」

追い出すかのように手で払われ、澪は戸惑い次郎を見上げる。

すると、次郎は少しの間黙って考えた後、ゆっくりと頷《うなず》き立ち上がった。

「澪、溝口、行くぞ」

「は、はい……」

今は達治に任せる他ないとわかってはいたけれど、残して行く高木のことが心配で、澪は部屋を出ながらチラリと背後に視線を向ける。

すると。

「――高木」

次郎が突如足を止め、高木の名を呼んだ。

高木は瞳《ひとみ》に動揺を映しながらも、無理やり繕ったかのような笑みを浮かべる。

「……うん、なに？」

「言いたいことはいろいろあるが」

「……うん」

「とりあえず、早く帰ってこい。第六のオフィスで待ってる」

「え……？」

おそらく、覚悟していた言葉と違っていたのだろう。高木の顔から笑みが消え、瞳が大きく揺れた。

しかし次郎はそれ以上なにも言わず、ふたたび廊下を進みはじめる。

高木はただ呆然《ぼうぜん》と、そんな次郎の後ろ姿を見つめていた。

澪は次郎に肩を貸して歩きながら、いかにも次郎らしい言葉だとしみじみ思う。

高木にかけた短い言葉の中には、次郎の思いのすべてが詰まっているような気がした。

やがて建物から出ると、澪は辺りに散乱する木偶人形の素材となる民芸品をおそるおそる避《よ》けながら、来た道を戻る。

そして、ようやく車を停めた場所まで戻ると、晃は次郎を強引に後部シートに押し込み、自分は運転席に乗った。

「今度は僕が運転するね。超久々だけど、怪我人がやるよりマシでしょ」

「おい、溝口……」

「事故られたらたまんないから。……澪ちゃんも後ろに乗って、部長さんのことお願い」

「わ、わかった……」

言われるがまま後部シートに乗ると、やがて次郎も観念したのか、シートに背中を預ける。

その、滅多に見たことのない辛そうな表情に、澪はなんだか不安になった。

「次郎さん、痛みますよね……？　帰りに病院に寄りましょう……」

「いや、ただの打撲と擦り傷だ。たいしたことない」

「たいしたことありますよ……！　あの木偶人形と、ずっと揉《も》み合ってたんですから……！」

千賀子の魂が宿った木偶人形の脅威を、澪は今も鮮明に覚えている。

初めて対峙《たいじ》したときに見た素早さと、鉄の扉をも破壊する程の力を思い出すと、次郎が無事でいてくれたことが奇跡のようにすら感じられた。

しかし、次郎は首を横に振る。

「怪我は本当に心配いらない。ただ、限界まで体力を消耗しただけだ。……それに、実際相手をしてわかったが、あの木偶人形に前程の力はなかった。……おそらく、かなり弱ってる」

「弱ってるって……、伊東千賀子さんの魂が、ですか……？」

「ああ。……まあ、考えてみれば当然だな。伊東千賀子は特別な能力を持たない一般人であるにも拘《かかわ》らず、魂が体から離れてずいぶん経つ。むしろ、よく保《も》った方だ。皮肉にも、体が病院で適切な管理をされているお陰だろう」

「なる、ほど……」

「だからこそ、俺はこの程度で済んだ。伊東千賀子も、魂が解放されたことでじきに意識を取り戻す可能性が高い」

「……そう、ですか」

正直、澪としては少し複雑だった。

犯した罪の代償として、占い師に魂を利用されるのは間違っていると思うものの、呪いで人を殺した罪は法律で裁くことができず、世間的には夫婦ともども火事の被害者でしかない。

たちまち心がモヤモヤし、澪は黙り込む。――しかし。

「ただ、……旦那《だんな》の魂を使った木偶人形にいまだ遭遇していないことを考えると、そっちは火事の時点で千賀子よりも重症だったのかもしれないな。……魂を利用できないくらいに」

「利用できないって、つまり……」

「ただの推測だが、肉体以外はすでに機能していないケースが考えられる。たとえば、脳死のような」

「…………」

だとすれば、伊東夫妻が払うことになった代償はやはり大きいと、澪は思う。

とくにほっとしたわけでも、逆に不満があるわけでもなく、ひとつの事実として、ただ淡々とそう思った。

車内に、重い沈黙が流れる。

そんなとき、晃がふと、ルームミラー越しに澪に視線を向けた。

「それよりさー、占い師のことは、本当に放っておいていいのかな」

晃が口にしたのは、澪としてもずっと心に引っかかったままの、最大の懸念。

一方、次郎はとくに悩む様子もなくあっさりと頷く。

「前にも言ったが、仁明の魂を回収した以上、占い師はさほどの脅威じゃない。なにせ、身を潜めると決めた後も、高橋達治に頼ってまで仁明の肉体を手放さなかったくらいだ。仁明の魂が、占い師の能力をかなり底上げしていたことは間違いない」

しかし、晃はどこか納得いかないといった様子で眉《まゆ》を顰《ひそ》めた。

「でも、悪いことを考える才能は今も健在なわけじゃん。今まではあくまで仁明の恨みを代理で晴らすっていうテイだったかもしれないけど、今日のことで第六を相当煙たく思っただろうし、仁明に代わる魂を手に入れて報復しに来たりしない？」

「あり得なくはないが、そもそも仁明程の人材がそう簡単に見つかるはずがない。それでも万が一そうなったときは、追い返すだけだ」

「おー、頼もしい」

晃は楽しげに笑うけれど、さすがに澪はそういう気分にはなれなかった。

またこんな恐ろしいことを繰り返すなんて、想像するのも嫌だったからだ。

ただ、――完全には拭《ぬぐ》いきれない不安を抱く一方で、心の中に少しずつ広がり続ける、唯一ポジティブな思いもあった。

「ともかく……、仁明との長かった因縁は、これで終わりますね」

ぽつりと呟《つぶや》くと、次郎はわずかな沈黙の後、小さく頷く。そして。

「そうだな。……これで、兄貴も浮かばれる」

まるでひとり言のようにそう零《こぼ》した瞬間、胸がぎゅっと締め付けられた。

「澪ちゃん……？」

ルームミラー越しに、晃が目を見開く。

自分が泣いているのだと気付くまでに、しばらく時間が必要だった。

慌てて頬を拭ったけれど、涙は次々と流れ落ち、膝《ひざ》を濡《ぬ》らしていく。

「す、すみません、なんか、急に……」

慌てて頭に巡らせた言い訳は上手《うま》く形にならず、その上感情は一向に涙に追いついてこず、澪はただただ戸惑っていた。

そのとき、――突如次郎が手を伸ばし、澪の頭に触れる。

その、どこかぶっきらぼうな動作が余計に涙腺《るいせん》を緩ませ、澪は咄嗟《とっさ》に膝を抱えて顔を埋《うず》めた。

「わ、私……」

「ああ」

「悲しいわけじゃ、ないん、ですけど」

「ああ」

「なんか、……なんて、いうか、……多分、色々な、ことが――」

「わかってる」

「……………」

相槌《あいづち》は素っ気ないけれど、頭に触れたままの手の温《ぬく》もりが、それを余りあるほど補っていた。

マメも背伸びをし、澪の頬をしきりに舐《な》める。

そのかすかな感触が余計に感情を煽《あお》り、結局、ずいぶん長い間、澪の涙は止まらなかった。

ようやく気持ちが落ち着きはじめたのは、車が高速に乗った頃。

「澪ちゃん、少し寝てなよ。着いたら起こすからさ」

ふいに晃がくれた提案に、澪は慌てて首を横に振る。

「ううん、もう平気……」

「いいって。運転なら全然大丈夫だし」

「そんな、私だけ休めないよ……」

「いやいや、隣見て」

「え……？」

そう言われてふと横に視線を向けると、頭に触れたままだった次郎の腕が、ぽすんと力なくシートに落ちた。

「疲れて寝落ちする部長さん、超レアじゃない？」

晃の言葉で、澪はようやく次郎が眠っていることに気付く。

閉じられた涼しげな目と、静かに繰り返される呼吸があまりに無防備で、澪は思わずその表情に見入ってしまった。

ただ、次郎もようやく少し安心できたのだろうかと思うと、胸に込み上げるものがあり、ふたたび目頭が熱くなってくる。

「……また泣いてるし」

晃はやれやれといった様子でそう言うけれど、澪は涙を拭いもせず、後ろからブランケットを手繰り寄せて次郎の体にかけた。

「こんな姿を見たら、なんだか、なにもかも報われた気がする」

「それもう嫁の発言じゃん。それより、珍しいから写真撮っといてよ」

「駄目だよ……、絶対怒られるし……」

「いいじゃん別に。こんな姿、もう二度と見られないかもしれないのに」

「いや、……そんなことないと思う」

「……そう？」

「うん」

憑《つ》き物が取れたかのような次郎の表情が、澪をあっさりと頷《うなず》かせる。

晃はそれ以上なにも言わず、けれど、どこか満足そうな笑みを浮かべていた。


その後、澪たちはその足でオフィスに戻り、沙良に迎えられた。

「大変……、皆さん泥だらけで……、長崎さんはお怪我も……！」

沙良は三人を見るやいなや顔面蒼白《そうはく》になり、両手で口を覆う。

この有様を見れば無理もないと思いながらも、澪はひとまず安心させるため、慌てて笑みを浮かべた。

「大丈夫だよ、詳しくはまたゆっくり話すけど、……とりあえず、目的は果たしてきたから」

そう言うと、沙良は大きく瞳《ひとみ》を揺らし、それから少しほっとしたように頷く。

「そう、でしたか。……でしたら、私からはなにも聞きません。ただし、お怪我は心配ですから、医者の手配をさせてください」

「え、いや……、次郎さんが必要ないって……」

「いいえ、必要です。目黒が長く利用している医者ですので、ご心配なく」

沙良は澪の言葉を聞かず、早速携帯を取り出し電話をかけ始める。

珍しく強引だったけれど、ただ、澪としても次郎の怪我がずっと気がかりだったぶん、正直ほっとしていた。

なにより、目黒が信頼している医者ならば、たとえ傷を不審に思ったとしても無理に追及してこないだろうという安心感もある。

次郎もまた、なにを言っても無駄だと思ったのか、黙って応接室に入ると、ぐったりとソファに腰を下ろした。

そもそも、こんなにボロボロの状態でもまっすぐオフィスに戻ってきた理由は、次郎が高木に伝えた「第六のオフィスで待ってる」という言葉にある。

もちろん一緒に待つ気だった澪は次郎の正面に座り、少し落ち着かない気持ちで時間を確認した。

「ってかさー、高木くん本当に来るかな？　今調べたら明日も有給申請してたし、帰ってくるかどうかすら怪しくない？」

晃は口ではそう言いながらも、ソファに足を伸ばしてすっかりくつろぎ、帰る気配はまったくない。

誰もが心身ともに疲れきっているというのに、高木の登場を心から待ち望んでいるこの空気に、澪は密《ひそ》かに居心地のよさを感じていた。

しかし、しばらく待っても高木からは連絡ひとつなく、先に沙良が手配した医者が到着し、次郎は渋々ながらも診察を受ける。

そして。

「——肋骨《ろっこつ》あたりの皮下出血が気になるので、ひびが入っているかもしれません。できるだけ早く、レントゲンを撮りに来院してください」

淡々と告げられた診察結果に全員が青ざめたけれど、当の次郎はいたって平然としていた。

「そう騒ぐな。肋骨のひびくらい、これまでに何度もやってる。どうせ固定する以外の治療法はないし、一ヶ月もすれば治る」

「い、いや、そういうことじゃなくて、痛くないんですか……？」

「ああ」

「ああ、って……。でも、病院は行ってくださいね……？」

念を押したものの次郎は返事をせず、むしろ聞こえていなかったとでも言わんばかりに視線を逸《そ》らす。

見たところ動きにぎこちなさはなく、本人が言う通り強い痛みはなさそうだけれど、かといって放っておくのはさすがに心配だった。

こういうときに高木がいてくれれば上手く言い聞かせてくれるのにと、澪はつくづく思う。

すると、そのとき。

エントランスから、キィと控え目にドアが開く音が響いた。

そこにいた全員が同時に顔を上げ、澪は反射的にソファから立ち上がりエントランスを覗《のぞ》く。

すると。

「……やあ」

そこには、バツが悪そうに立つ高木の姿があった。

「高木さん……！」

名を呼んだ途端、安心からか目の奥がじわりと熱を持つ。

思わず固まってしまった澪の代わりに、応接室から飛び出していった晃が強引に高木の腕を引いた。

「遅いって！　早く！」

「え……、でも……」

「でもじゃないよ。こんなボロボロの状態で待ってたんだから早くして。ってか、こんなに遅くなるならお風呂《ふろ》くらい入りたかったし」

「ご、ごめん、あの後いろいろと……」

「いいから座ってよ。……あ、そうだ、――おかえり高木くん」

まるでついでのように晃がそう言った瞬間、高木が大きく瞳を揺らす。

まるで泣く一歩手前のようなその表情が、澪の感情をさらに煽《あお》った。

「……おかえりなさい」

込み上げるままにそう言うと、高木はなにも言わず、ただ頷いてみせる。

やがて晃に背中を押されるようにして応接室に入ってきた高木は、ソファに腰を下ろし、まず先に次郎に頭を下げた。

「ごめん、いろいろ黙っていて。……それに、もっと俺が着くのが早ければ、次郎たちをこんな目に遭わせなくて済んだのに……」

「そんな！　高木さんは──」

「澪ちゃん」

咄嗟《とっさ》に反論しようとしたものの、すぐに晃に制され澪は口を噤《つぐ》む。

昏の前で指を立てる晃の目が、今は次郎にすべて任せるべきだと語っていた。

とはいえ、苦しそうな高木を見ているのはとても辛《つら》く、澪は落ち着かない気持ちで次郎の返事を待つ。

しかし、そんな澪のもどかしさを他所《よそ》に、部屋には長い沈黙が流れた。──そして。

「……ここしばらくというもの、お前が安い依頼ひとつ持ってこないせいで、うちはついに伊原の無料案件を請ける始末だ。……お前、第六を潰《つぶ》す気か」

ようやく次郎が口にしたのは、いつも通りの皮肉。

「え……？」

「そろそろ訳アリ物件の報告が増える時期だろ。……休んでばかりいないで、早くうちに仕事を持って来い」

「あの、次郎……」

「用件はそれだけだ。……一刻も早く着替えたいから俺は帰る」

「………」

結局、次郎はそれ以上なにも言わず、皆の茫然《ぼうぜん》とした視線を無視して本当にオフィスを出て行ってしまった。

高木と澪が絶句する中、晃だけが可笑《おか》しそうに笑う。

「なんだかんだで、部長さんが一番日常を恋しがってるみたいだね」

「えっと……」

「さっきのは、これからも変わらずよろしくって意味でしょ、多分」

「………」

高木はしばらく呆気《あっけ》に取られていたけれど、その一方で、澪は晃の言葉に心から納得していた。

「なんだか、次郎さんらしいかも」

「澪ちゃんまで……」

「高木さんが帰ってきてくれて、私も嬉《うれ》しいです」

「……帰ってこないと思ってたの？」

「えっと、なんていうか、物理的な意味じゃなくて」

上手《うま》く言葉にできなかったけれど、高木が表情を緩めた瞬間、どうやら正しく伝わったらしいと澪は思った。

「おかえりなさい」

改めてそう言うと、高木は目を細めて笑う。

「ただいま。……もうなんの能力もないし、ただの怖がりな男に戻っちゃったけど」

「ただの怖がりな高木さんのお戻りを、待ってましたよ」

「…………」

「……本当に、おかえりなさい」

高木の瞳が大きく揺れた瞬間、澪の心もぎゅっと震える。そして。

「……ただいま」

高木が掠《かす》れた声でようやく口にしたのは、澪たちが待ち望んでいた言葉だった。

*

第六が本当の意味で日常に戻ったのは、翌日から大々的に流れた〝悪徳霊能者の身柄確保〟のニュースが少し落ち着いた頃。

ちなみに、仁明は結局意識を取り戻さないまま現在も入院中であり、意識が戻り次第事情聴取の予定であると報道された。

ただ、東海林によれば、魂とはとても繊細であり、未完成な術の道具として乱暴に扱われ続けた影響は大きく、意識が戻る望みは薄いのでは、とのこと。

また、伊東夫妻に関しても元通りとはいかず、目黒からの情報では夫の正和《まさかず》は今も意識不明、千賀子はかろうじて意識を取り戻したが、脳に重篤な障害が残ってしまいほとんどの記憶が失われ、回復は絶望的らしい。

悲惨な末路だが、澪は伊東夫妻に対してどんな感情を持つべきかいまだ正解がわかっておらず、ただただ淡々と報告を聞き、あえて心を動かさないように努めた。

そうして、あっという間に日々が過ぎて、季節は春も終盤の五月。

その日、リアムからの招待により、澪と晃と、そして晃に強引に連れ出された次郎の三人は、ウェズリーガーデンホテルのラウンジにランチに訪れていた。

もちろん沙良も誘ったけれど、沙良いわく、ボディガードとの契約が今月いっぱい続いており、ゾロゾロと引き連れてホテルのラウンジに入るのは忍びないとのこと。

それはおそらく建前だと、事件後もなかなかゆっくり振り返る時間を取れない三人に気を遣ってくれているのだと澪にはわかっていたけれど、どんなに誘ったところで沙良は首を縦には振らなかった。

その結果、食事中の話題の中心となったのは、やはり一連の事件のこと。

中でも、報道に一切出ることのなかった占い師の行方について、晃はずいぶん気にかけている様子だった。

「占い師、今頃どうしてるんだろうね。新しい呪いを開発したり、人の恨みに便乗して好き放題やるようなやばい奴が、大人しくしてるとは思えないんだけど。……実は一番放置すべきじゃない人間なのにさ」

言うことはもっともだけれど、自らの手を一切汚さない占い師に法律で裁けるような罪はなく、おまけに居場所がわからないとなると、澪たちにできることはない。

ちなみに、今も目黒は占い師の捜索を続けているようだが、現時点で情報はまったく出てきていないらしい。

目黒の推測では、虚偽の人格を多く持ち、それを使い分けながら上手く世間に紛れているのだろうとのこと。

「……たとえ捕まえたくとも、相手は意識のない仁明を連れた状態ですらほぼ尻尾《しっぽ》を摑《つか》ませなかった、いわば逃走のプロだ。だいたい、見つけたところで人の話を聞くような人間じゃないだろ」

「それはわかってるんだけどさ……」

「目黒が捜索を続けているのも、あくまで占い師の動向を把握するためだ。少なくとも、接近して直接どうこうしようと考えているわけじゃない」

「それも、わかってるんだけどさぁ……。つまり、あくまで宮川さんの安全を確保するためのものであって、根本的な解決は目指してないってことでしょ？」

釈然としない晃の気持ちが、澪には痛い程わかっていた。

ただ、晃と同じことを嫌という程考えたからこそ、現時点でどうにもならないという結論にも納得しはじめていた。

結局は、次郎が前に言っていた通り、「万が一現れたときは、追い返すしかない」という言葉に尽きるのだと。しかし。

「もしまた占い師がなにかしてきたときは、私、頑張るから」

宥《なだ》めるつもりでそう言った澪に、晃は逆に不満気な表情を浮かべた。

「いや、そういうことじゃないんだって。そりゃ、ここ最近の澪ちゃんの異常な進化については、さすがに認めてるよ？……でも、だからって勝手にいろいろ抱え込まないでよ」

「そんなつもりで言ったんじゃないんだけど……」

「いや、そういう顔してたし」

「私は元々こういう――」

「――澪」

ふいに次郎に名を呼ばれ、始まりかけた晃との応酬がプツリと途切れる。

視線を向けると次郎からのまっすぐな視線が刺さり、心臓がドクンと跳ねた。

「な、なんでしょう……？」

「覚えてるか」

「え？」

「約束しただろ」

「約束……？」

「仁明の件が一段落した後の話だ」

あまりに唐突な話題にポカンとしたものの〝仁明の件が一段落した後〟という言葉を聞いた瞬間に、澪の頭にはひとつの心当たりが浮かんでいた。

それは忘れもしない、澪が以前、元禄地震の被害者の霊と、沙良の意識の中で接触を図った後のこと。

そこから得たヒントを基に、今すぐ慰霊碑を捜しに行きたいと言い出して聞かなかった澪に、次郎はひとつ約束をさせた。

「……もしかして、長期休暇を取れっていう話ですか？」

尋ねると、次郎ははっきりと頷《うなず》く。

ただ、澪は正直あの約束をあまり本気にしておらず、今になって蒸し返されたことに戸惑っていた。

「休みなんていらないですよ、体ならとっくに回復してますし……」

「そういうことじゃない。一度、頭をリセットした方がいい」

「リセット……？」

「ああ。気晴らしにくだらない案件でもやらせようかと思ったが、こういう時に限って高木も伊原も持ってこないからな」

「いや、ちょっと待っ……」

「だいたい、お前は休日の振替もまだだろう。その上、有給も大量に残ってる。……とにかく、一度休め。最低でも十日」

「と、十日……？　急にそんなこと言われても……！」

動揺からつい声が大きくなり、たちまち周囲からの視線が集まる。

そんな澪を見て、晃が苦笑いを浮かべた。

「いや、休むだけじゃん。そこまで困ること？　まぁ澪ちゃんって、若干ワーカホリックなとこあるけどさ」

「そ、そんなことは……！」

否定しようとしたものの、それに足る言葉が出てこず、澪は口を噤《つぐ》む。

むしろ澪には、休日ですらも自然に第六のことを考えてしまっている自覚がはっきりとあった。

「ほら。言い返せない」

固まる澪を見て、晃がふたたび笑う。

しかし、次郎はあくまで真剣に、携帯のカレンダーを開いて澪の方へ向けた。

「で、いつにする」

「え、今決めるんですか？」

「長旅にでも出てこい」

「…………」

「まだ粘るなら、勝手に飛行機のチケットを押さえるぞ。俺に選ばせると秘境になるが、どうする」

「そ、そんな……」

「ネパールの寺院は悪くなかった。場所によっては空港から満員のバスで丸一日かかるが」

「……わ、わかりましたって！」

ここまで強引に言われてしまうと、もはや頷く以外の選択肢はなかった。

ただ、改めて考えてみれば、元々出不精の澪が旅行に行くなんて大学生のとき以来であり、そこまで悪い案でもないような気もしていた。

「旅行か……。十日もあるなら、どこでも行けますね……。それこそ秘境でも」

呟《つぶや》くと、単純だと思ったのだろう、晃が可笑《おか》しそうに笑う。

馬鹿にされているとわかっていながら、想定外の展開にすっかり疲れきっていた澪は、文句を言う元気もなかった。

そんなとき、——ふと澪の目に入ったのは、ラウンジのいたるところを鮮やかに彩る、数々の花。

途端に、リアムがよく聞かせてくれる、故郷イギリスのイングリッシュガーデンの話が頭を過《よぎ》った。

「そういえば私、本場のイングリッシュガーデンを見てみたいなって思ってたんだよね……。リアムがしてくれる話が、あまりに素敵だから」

「へぇ。じゃあ、イギリスにすれば？」

「……いいかも。英語が全然駄目だから、行きたいところに行けるかどうかは不安だけど」

「携帯の翻訳機能もあるし、なんとかなるよ」

「そう、かなあ」

「――それ、僕も同行していいかい？」

　突如背後からよく知る声が響き、驚いて振り返ると、そこにはニコニコと笑うリアムの姿があった。

「リアム……！」

「ミオ、イギリスは初めて？　ロンドンを拠点としてイングリッシュガーデンを巡るなら、アランデル城やブロートン・グランジや……、だけど、僕の故郷のライの街から近い、グレート・ディクスターも最高だから是非案内したいな」

　リアムは怒濤《どとう》の勢いで喋《しゃべ》るけれど、次々と並べられる魅力的な言葉に驚きよりも高揚が勝り、澪は目を輝かせる。

「リアムの故郷の近くにもあるんですか？　素敵……！」

「ね、いいでしょ。イギリスは街並みも自慢だけど、やっぱり僕は自然が最高だと思う。

ねえミオ、いつにする？」

「──おい」

突如次郎に会話を遮られ、すっかり想像に浸りきっていた澪は途端に我に返った。

次郎は険しい表情を浮かべ、リアムを睨《にら》む。

「……リアム。お前、澪を心霊物件に連れ回す気だろう」

その問いを聞き、澪はようやく次郎がなにを心配しているかを察した。

リアムはそもそも心霊マニアであり、澪に興味を示したキッカケもそこにあるため、同行すると言い出したことで良からぬ事態を想像したのだろうと。

一方、リアムはまるで最高の提案をもらったとでも言わんばかりに、さらに表情を明るくした。

「ミオと心霊物件なんて、最高じゃないか！……イギリスには神秘的な霊たちと会えるお城や邸宅がたくさんあるし、もしかしたら、ミオにマメみたいな友達が増えるかもしれない」

「……おい」

「部長さん、墓穴掘ってるよ」

「………」

「ミオは興味ない？　そうだ、ブルックリング・ホールっていう有名な邸宅があって、そこは観光地として開放されているんだけど、自分の首を膝《ひざ》に抱えて馬車に乗る幽霊が出ることで有名なんだ」

「く、首を膝に……？」

「……やめろ」

次郎はうんざりした様子で、みるみるテンションを上げていくリアムをふたたび遮る。

しかし、リアムは心から理解できないといった様子で眉根《まゆね》を寄せた。

「どうして？　確かにそこは心霊スポットだけど、普段はギャラリーやガーデンもある普通の邸宅だよ？」

「お前が普通だと思っていても、こいつにはいろいろ寄ってくるんだよ」

「ミオはきっと平気だよ」

「適当なことを言うな。駄目なものは駄目だ」

「そんな……、すごくお勧めの場所なのに。……ジローはよっぽどミオのことが心配なんだね」

「心霊物件なんて聞いたら普通だろう」

「それとも、僕が同行するなんて言い出したから、嫉妬《しっと》させちゃった？」

「……は？」

「そうだよね、ごめん。でも、だったらジローも一緒に来ればいいんじゃないかな」

「…………」

次郎が絶句した瞬間、晃が堪えられないとばかりに噴き出す。

「リ、リアム……、違いますから、やめてください……」

澪はただただ居た堪《たま》れず、リアムの暴走を止めようと慌てて首を横に振った。

そんな澪に、リアムはこてんと首をかしげる。

「僕はただ、皆でイギリスに行くなんてすごく楽しいと思っただけなんだけど、駄目なの？」

「……っていうか、皆は仕事がありますから……」

「そっか。つまり、仕事で行くならノープロブレムってこと？」

「はい……？」

「そういえば、僕の兄さんが困ってたなぁって思って。彼が新規事業のために買った邸宅に、気味の悪いものが出るとかどうとか。その調査を第六に依頼すればいいってことだよね」

「…………」

まさかの言葉に、次郎に続いて澪も絶句する。——しかし。

「それ、最高」

晃が前のめりな感想をぽつりと零《こぼ》した瞬間、澪の頭の中には、第六初の海外出張の可能性がリアルに過っていた。

過日の事件簿

幼い誓いと絆の行方

「――仁明の力を封印するためには、当人とゆかりの深いものが必要とのことでした。可能なら、髪や爪など体の一部が好ましいようです」

「体の一部か。……難しいな」

「たとえば、臍《へそ》の緒などは残っていたりしないでしょうか」

「臍の緒か、……なるほど。それなら母の遺品の中にあるかもしれない。今すぐに納戸を捜してみよう」

「ええ。お願いします」

高橋達治が電話で話しているのは、高木正文。

正文は大昔に妻とともに家を出た娘・さつきの息子であり、達治にとっては実の孫にあたる。

とはいえ、調査会社によってその存在を知ったとき、正文はすでに中学生になっていて、達治の妻との死別の末、高木家の息子になっていた。

それを知ったときは、下手に関わらずそっとしておくべきだと思ったけれど、その考えが変化したのは、衝動に駆られて正文の様子を見に行ったときのこと。

達治は正文の姿をひと目見た瞬間から、高橋家に代々引き継がれてきた高い霊能力を、自分よりもはるかに濃く受け継いでいることを察した。

それは、神社を継ぐ場合においては良い側面もあるが、かたや一般社会で暮らすには、生き辛《づら》いことの方がはるかに多い。

普通の人間には視えないものが視え、聞こえないものが聞こえ、禍々《まがまが》しいものから命を狙われることも多く、常に神経を尖《とが》らせていなければならないからだ。

結果、達治は、正文を自分の傍に置いて保護すべきだと、強い義務感を覚えた。

今になって考えてみれば、それは妻と娘に出て行かれてしまった寂しさを埋めるための言い訳だったようにも思える。

ただ、そのときの達治は、それを高橋家の責任だと信じて疑わず、ついには拉致《らち》を謀ってまで正文を自分の元で匿《かくま》おうとした。

しかし、結果的にその計画は吉原家の兄弟によって阻止され、正文からは酷《ひど》く憎まれ、達治のもとにはなにひとつ残らなかった。

そんな中で唯一成果と言えたのは、正文の高すぎる霊能力を封印できたこと。

もはやただの自己満足でしかないが、正文が少しでも生きやすくなればいいと思うだけで、罪の意識からほんの少し解放された気がした。

当然ながら、当時の達治はいずれ正文と再会する未来がやってくるなんて、夢にも思っていない。

しかも、達治と正文をふたたび結び付けたのが、はるか昔に袂《たもと》を分かつことになった弟・仁明《よしあき》だと知ったときは、もはや運命の悪戯《いたずら》以外に表現しようがなかった。

「——見つかりそうですか？」

ついぼんやりと過去のことを考えていた達治は、正文の声でハッと我に返る。

そして、慌てて古い納戸へと移動し、戸を開けるやいなや周囲に広がったきついカビの匂いに、思わず顔を背けた。

「今納戸へ来たが……、ここはもう何十年も触っていないから、捜し物をするのは少々骨が折れそうだ。だが、たとえ見つからなかったとしても、必ず代わりになるものを用意するから心配はいらない」

「ええ。それに関してはとくに心配はしていません」

「……そうか」

「もちろん、僕が信用しているのはあなた自身ではなく、早くすべてを終わらせたいと言ったあなたの言葉のみですが」

「……ああ」

淡々と放たれた言葉に、達治はあくまで平静を装って頷《うなず》く。傷つく資格などないと、自分に言い聞かせながら。——しかし。

「高橋家の人間は、祖母以外信用できませんから。あなたも、……母も」

正文がさっきのことを口にした瞬間、思わず動揺した。

「……わかっている」

達治はわずかに揺れた声を咳払《せきばら》いで誤魔化し、ひとまず納戸の捜索は仕切り直そうと戸に手をかける。

しかし、そのとき。

ふと、床に落ちている一枚の写真に気付いた。

なんとなく気になり、達治は納戸に入ってそれを拾い上げる。

そして、表面をびっしりと被《おお》った埃《ほこり》を払った瞬間、あまりの懐かしさに思わず目を見開いた。

そこに写っていたのは、かつて住んでいた家の縁側で微笑む幼い自分と、その隣でそっくりな笑みを浮かべた、――いずれ〝にんみょう〟と名乗り大変な悪事を働くことになる、血を分けた弟の姿だった。

そういえば自分たち兄弟にも仲睦《なかむつ》まじい時代があったと、少しずつ記憶が蘇《よみがえ》るごとに、なんとも言い難い複雑な感情が膨らむ。

同時に、道を間違えたのはいったいどの瞬間だっただろうかと、達治はゆっくりと過去に思いを馳《は》せた。

＊

高橋家の三、四男として生まれた達治と仁明は、上の兄たち二人と歳の差が開いていたこともあり、なにをするにも二人一緒に行動する仲の良い兄弟だった。

当時の高橋家といえば、白砂神社を運営する傍ら、先祖が興した事業の急成長によりかなりの資産を持つ、地方屈指の財閥。

しかし、神主を務める父は贅沢《ぜいたく》を嫌い、つつましい生活を好んだため、大昔から高橋家が住み続けてきた小さな平家に家族全員で暮らしていた。

故に家族同士の距離が近く、それこそ兄弟《きょうだい》の絆《きずな》を育《はぐく》んだ要因といえる。

そして、そんな二人は、高橋家が代々持って生まれる特殊な力を、ひときわ濃く受け継いでいた。

特殊な力とは、いわゆる霊能力のこと。

二人は物心ついた頃から霊の姿が視え、声が聞こえ、ときにはしつこく追われたり、襲われることもあった。

ただ、父親による英才教育の賜物か、どんな霊が現れたところで怯《ひる》むことはなく、むしろ現れる霊の気配が強ければ強い程、高揚感すら覚えるようになった。

そうやってみるみる能力を伸ばしていく様子に、いずれは両親や兄たちまでもが戸惑いを見せはじめたけれど、それでも、二人は自分たちの特殊な力を誇りに思い、日々競い合うようにして能力の鍛錬に励んだ。

ただ、二人にとってそれは修行というよりなかば実験のような感覚で、たとえば式神を使って動物を操ったり、触れることなく意識を奪ったりと、父親ですら知らないような独自の術を次々と開発し、会得していった。

学校では気味悪がられ、友人など一人もできなかったけれど、達治は仁明がいればそれで十分楽しかったし、むしろ阻害される程に結束はより強まる一方だった。

しかし。

そんな高橋家に大きな問題が起こったのは、第二次世界大戦の終戦後、間もなくのこと。

GHQが行った財閥解体により、すべてを奪われる形になった高橋家が没落するまではあっという間だった。

まず父が精神を病んで死に、母はすぐに後を追い、高橋家の当主となったのは、当時まだ成人したばかりの長男・将仁《まさひと》。

しかし、人としても神主としてもまだまだ未熟だった将仁は、強い重圧からか人が変わったように性格が荒くなり、次第に、思うようにいかないことがあると暴力を振るうようになった。

しかも、もっともその矛先が向けられたのは、当時まだ十歳にも満たなかった、仁明。

なぜなら、将仁がどんな理不尽なことを言っても黙って耐える次男の正太《しょうた》や達治と違い、仁明はいつも怯むことなく真っ向から反論していた。

達治は暴力の現場に出くわすたびに仁明を庇《かば》ったけれど、ある日仁明の代わりに大怪我を負ってしまい、警察まで動く大騒ぎになってしまってからというもの、将仁は達治に隠れて仁明を痛めつけるようになった。

ただ、そんな混沌《こんとん》とした日々の中、達治と仁明が心の支えとしていたのは、自分たちの家庭をめちゃくちゃにした大きな力に対する強い恨み。

当時、あまりに幼く世間知らずだった二人は、正直自分たちが怒りを向けるべき相手すら曖昧《あいまい》だったけれど、まるで合言葉のように「いつか復讐《ふくしゅう》をしよう」と唱え合うだけで、ほんの少し心が晴れる気がした。

ちなみに、二人がその矛先を明確に吉原グループに決めたのは、それから数年後のこと。

というのは、吉原グループは同じタイミングで財閥解体されたにも拘《かかわ》らず、高橋家とは逆にあっという間に再生して勢いを盛り返し、ついには、高橋家が安く買い叩《たた》かれた土地のほとんどを入手した。

その事実を知ったとき、達治は、まるですべてを横取りされたような強い苛立《いらだ》ちを覚えた。

そしてその瞬間から、これまで持て余していた憤りや恨みなどあらゆる負の感情を、吉原グループに向けるようになった。

心の奥の方には、そんなのはただの理不尽な逆恨みだと考えている冷静な自分もいたけれど、復讐すべき明確な相手を設定した瞬間に、生きる活力が湧いたことは否めない事実だった。

しかし、――そんな二人の絆に暗雲が立ち込めたのは、それから間もなくのこと。

仁明は、その頃から少しずつ、内に秘めた残虐さの片鱗《へんりん》を見せはじめた。

もっともわかりやすかったのは、将仁に暴行された後にこっそりと仕込む仕返しが、みるみる陰湿になっていったこと。

昔は将仁の鞄《かばん》に虫を入れる程度の些細《ささい》なものだったけれど、それはだんだんエスカレートし、十歳になった頃には、将仁が可愛がっていた小鳥をなんの躊躇《ためら》いもなく殺し、しかもその一部を将仁の食事に混ぜるという異常な行為を、顔色ひとつ変えずにやってのけた。

それを知った将仁は慌てて食べたものを吐き出し、それから仁明を捕まえ、顔の形が変わるくらいに殴りつけた。

さすがにやり過ぎだと苦言を呈した達治に対し、仁明がにやりと笑いながら口にしたのは、「まだぬるい」というひと言。

達治はそのとき、初めて仁明のことを怖いと思った。

とはいえ、達治はもはや、仁明の扱い方を見失っていた。

結果、庇うことも止めることもできないまま、それ以降、みるみる激化していく二人の争いから無理やり目を逸《そ》らし続ける。

――しかし。

そんな情けない自分を心から悔やむことになる瞬間は、もう間近に迫っていた。

それは、達治が十六になった頃。

ていた。

あまりにも突然、次男の正太が死んだ。

正太は静かで要領がよく、将仁の癇癪《かんしゃく》を上手《うま》く躱《かわ》しながら、自分の平穏な生活を守っているような男だった。

ただし、そのために犠牲になっていたのは、いつも仁明。正太は、将仁の苛立ちが自分に向きそうになるたび、仁明に関するあることないことを吹き込むことで矛先を変えていた。

そんな正太が、ある朝、布団の中で冷たくなっていた。

死因は、不明。

最終的に心不全だと診断されたものの、達治は心の奥で、表現し難い不自然さを覚えていた。

衝撃的なことが起こったのは、それから数週間が経ったある朝。

達治は山菜を採りにやってきた自宅の裏山で、残虐に殺された十数羽にわたる兎の死《し》骸《がい》を発見した。

辺りは血の海で、中には体の一部がないものもあり、達治はあまりのショックにしばらく身動きが取れず、ただ呆然《ぼうぜん》と立ち尽くしていた。——そのとき。

「兄さん？」

ふいに背後から声をかけてきたのは、仁明。

瞬間的に、こんな怖ろしいものを見せてはならないという思いが込み上げ、達治は慌てて仁明の前に立ち塞《ふさ》がり視線を遮った。

「駄目だ、……見るな」

「どうした？」

「いいから、……このまま家へ戻ろう」

達治は声の震えを誤魔化せないまま、仁明を無理やり家の方向へ誘導する。――しかし。

「待って、兄さん。今、呪いを作ってる途中だから、完成させないと」

仁明が声を弾ませそう言った瞬間、酷《ひど》く嫌な予感がした。

「呪い、だと……？」

「そうだよ。ほら、すぐそこに。そこらで捕まえた地縛霊の念を兎に憑《つ》けて、最後の一羽になるまで戦わせているんだ」

「……お前、なんの話をしてる」

「見た方が早いから一緒に行こう。ちなみに、生き残った兎を呪いの材料にするんだよ。多分、これまでで一番強い呪いになる」

「……そんなもの、なにに使う気だ」

「なにって、決まってるだろう。将仁を殺すんだよ。呪いを完成させれば、正太なんかよりずっと残酷に、長い時間苦しませながら殺せる」

「正太なんかより、だと……？　お前、まさか……」

「だから、兄さんも付き合ってよ。上手くいけば、次は吉原グループの番だ。全員皆殺しにしよう」

「…………」

この男はいったい誰なのだ、と。

達治は呆然と、そんなことを考えていた。

それも無理はなく、仁明はそれくらいに、——表情も話す言葉も雰囲気もなにもかもが、別人のように豹変《ひょうへん》していた。達治がすべての理不尽から目を逸らし続けた、数年の間に。

「仁明、……駄目だ」

そう言いながらも、もうとうに手遅れだと心は察していた。

しかし、さすがに黙ってはいられなかった。

「殺すなんて、間違っている……。俺の考える復讐は、そういうことじゃない」

震える声でそう言うと、仁明は浮かべた笑みを崩さずに首をかしげる。

「なら、兄さんはどうしたいんだ？」

「それは……」

「わからないなら、俺に任せた方がいい。だって俺は、人間がどんな言葉を浴びせられ、どこを殴られ、なにを奪われれば苦しいか、嫌と言う程知っているからね」

「仁明……」

「何年も何年も、虫のように扱われ、人としての尊厳を傷つけられたお陰で」

「…………」

なにも答えられない達治に仁明はニヤリと笑い、呆然と立ち尽くす達治の横をすり抜けて兎の死骸の方へと向かった。

そして、その中から一体を躊躇いなく摑《つか》み上げたかと思うと、心から落胆したような唸《うな》り声を上げる。

「ああ……、皆死んでるじゃないか。これじゃ完全に失敗だ。……となると、また大量の兎を捕まえてこないといけない。……そうだ兄さん、式神で罠《わな》を張るから付き合ってよ」

「…………」

「動物を捕獲するような緻密《ちみつ》さが必要な術は、兄さんの方が得意だろ？　俺は駄目だ、上手くいかないとイライラして殺してしまう」

「…………」

「さあ、そうと決まったら戻って式神を仕込もう」

仁明はそう言い、まるで遊びに行く計画を立てるかのように、さも楽しげに達治の腕を引いた。

しかし、達治はすっかり折れかけた心をギリギリのところで奮い立たせ、その手を振り払う。

「俺は、……やらない」

そう言った瞬間、仁明はゾッとする程冷酷な目で達治を見つめた。

その、見ているだけで魂を奪われてしまいそうな程の迫力に、達治は思わず目を逸らす。

「兄さん？」

「……俺は、お前とは違う」

「違う？……どこがだ。ずっと同じ目標を持って生きてきたし、一緒に多くの理不尽に堪え抜いてきたじゃないか」

「だとしても、お前の使う手段はあまりにおぞましい。そんなのは、……とてもじゃないが、許されない。許されない」

「許されない……？」

辺りがしんと静まり返り、仁明が纏《まと》う空気が次第に殺気を帯びた。

達治はあまりの恐怖に仁明の目を見ることができないまま、拳《こぶし》をぎゅっと握る。そして。

「気に入らなければ、俺のことも殺せ。……その兎たちのように」

圧倒的な力の差を感じた達治は、なかば投げやりな気持ちでそう呟《つぶや》いていた。――しかし。

「そんなこと、言わないでくれよ。兄さんを殺したら俺は、――一人ぼっちだ」

返ってきたのは、思いもしなかった言葉だった。

達治は驚き、ようやく視線を合わせる。

けれど、今度は仁明が顔を背け、そのままフラフラと裏山の奥へ向かった。

「仁明……、どこへ……」

「俺は、一人でもやる」

「待っ……」

「もう口を出さないでくれ。……でないと、殺さなければならなくなる」

「…………」

「そんなのは、悲しい」

止めなければならないと思いながらも、すっかり恐怖に呑《の》まれてしまっていた達治は、身動きが取れなかった。

そして、遠ざかっていく背中をただただ見つめながら、――仁明はもう引き返すことなどできないだろうと、なにもできない自分に言い訳をしていた。

達治と仁明が事実上決別したのは、まさにこの日のこと。

それから、約一年後に突如仁明が家から姿を消し、二人は完全に袂《たもと》を分かつこととなった。

将仁は「育ててやった恩も糞《くそ》もない」と怒鳴り散らしていたけれど、そんな将仁が布団の中で冷たくなっているところを発見したのは、それから数日後のことだった。

こと切れるまでずいぶん苦しんだのだろう、畳や布団にはたくさんの掻《か》きむしった跡が残っていて、手の爪はほとんどが剝《は》がれ、表情は直視できない程に歪《ゆが》んでいた。

その亡骸《なきがら》を前に達治が思い出していたのは、無惨に殺された兎たちのこと。

どうやら仁明はあの呪いを成功させてしまったようだと、達治は思う。

そのときの達治の心の中には、仮にも兄である将仁を失った喪失感はなく、ただただ、仁明が確実に力を高めていることへの恐怖と不安で埋め尽くされていた。


それ以降、高橋家にたった一人残された達治は、親戚《しんせき》たちの助けを借りて白砂神社をなんとか守りながら、慌ただしい日々を過ごした。

孤独ではあったけれど、兄弟四人で暮らしていたときよりもある意味気楽であり、むしろ息のしやすささすら感じていた。

やがて達治は二十五歳のときに親戚の紹介で咲恵《さきえ》を妻に娶《めと》り、一人娘、さつきを授かる。

家族と過ごす日常は、昔の自分からは想像もできなかったくらいに穏やかで、幸せだった。

しかし、だからこそ逆に、いずれ壊れてしまうのではないかという恐怖に四六時中苛《さいな》まれ、苦しくもあった。

あの仁明が今もどこかで生きていると考えただけで、ようやく手にした幸せがすべて、恐怖で霞《かす》んでいくような気すらしていた。

群馬県内のとある村で、不可解な死亡事件が多発したのは、それから約十年後のこと。

ごく狭い村の中で、なんの持病もない人間が原因不明の死を遂げるという奇妙な現象が、月に一度のペースで起こっていたらしい。

それに注目した週刊誌が、奇妙な事件として大きく取り扱ったことで、人伝《ひとづ》てに達治の耳に入った。

聞けば、村民の人間関係は決して良好ではなかったようで、怨恨《えんこん》での殺害も念頭に置いて大規模な捜査がされ、数々の検証も行われたものの、結局なにもわからず終《じま》いだったとのこと。

それを聞いた瞬間に達治の頭を過《よぎ》ったのは、仁明が関わっているのではないかという、確信めいた予感だった。

急いで週刊誌を入手した達治は、特集ページに大きく表示された『呪われた村・原因不明の連続死』という見出しを見て、さらに確信を強める。

内容を詳しく読んでみると、亡くなった人のほとんどに、〝恨みを買っていた〟とか〝出どころのわからない大金を所有していた〟など、知人からのきな臭い証言があった。

そこで達治が思い立ったのは、仁明は自らの呪いの力を生業《なりわい》として利用し、人殺しに手を染めているのではないかという推測。

というのは、もしどこかで仁明が生きているとしても、まっとうな手段で稼ぎを得ているとはとても思えず、呪いを商売に利用するという方法ならば、いかにも仁明が考えつきそうなことだと思ったからだ。

一度思いついたが最後そうとしか思えず、たちまち恐怖と不安に苛まれた達治は、しばらく眠れない日々を送った。

ただ、不可解な死亡事件はそれ以降も群馬の各地で定期的に起こり、週刊誌も一向に解決に向かわない類似案件ばかり載せるわけにはいかないのか、記事の掲載スペースはみるみる小さくなっていった。

詳細な情報を得られなくなった達治は、やがて、独自で事件について調べることを決める。

そこまで必死になる理由は自分でもよくわからなかったけれど、心のどこかで、こんな恐ろしい事件が仁明の仕業であってほしくないと、わずかな希望が捨てられなかったからかもしれない。

だから、最悪の予想を覆せるような確証が一つでも見つけられれば、そこで止めるつもりだった。

しかし、調べれば調べる程、逆に仁明の残酷さを彷彿《ほうふつ》とさせるような、新たな事実を知るばかりだった。

そうやって、取り憑《つ》かれたように事件を追う達治は、やがて神社の仕事もままならなくなり、家族との関係もみるみる悪化していく。

結果、娘のさつきが十五歳になった頃、咲恵はついに達治に愛想を尽かした。

二人はある日忽然《こつぜん》と家から姿を消し、どんなに捜しても、足取りひとつ摑《つか》めなかった。

達治に残ったのは、ただただ孤独な日々。

ただ、図らずも自分と向き合う時間が増えたことで、ようやく恐怖や不安との向き合い方を悟り、少しずつ自分を取り戻すことができた。

その後はなんとか白砂神社を立て直し、人間らしい生活を送るようになったものの、それでも、気持ちが穏やかになる瞬間など一度もなかった。

そして、そんな生活がさらに十年近く続いたある日、――あまりにも突然、さつきから電話がかかってくる。

「――お久しぶりです」

その第一声を聞いただけで、達治はすぐにさつきだとわかった。

「お前……」

元気なのか、どうやって暮らしてきたのか、今どこにいるのかと、聞きたいことは山程あるはずなのに、思いもしなかった出来事に頭はすっかり混乱し、上手《うま》く言葉にならなかった。

かたや、さつきはいたって冷静に、衝撃の言葉を口にする。

「――叔父さんを、放っておいていいの？」

一瞬、〝叔父〟が誰のことを指しているのか、達治にはわからなかった。

それも無理はなく、さつきは達治の兄弟とは誰とも会ったことがなく、話題に出ること自体に違和感があったからだ。

しかし、さつきは淡々と言葉を続ける。

「あの人を止められるのは、あなたしかいないんじゃないですか」

ドクンと、心臓が揺れた。

同時に、これまで数々の不可解な事件を耳に入れながら、仁明の仕業でない可能性ばかり探していたことを、強く責められているような感覚を覚えた。

とはいえ、どう考えてもさつきが仁明のことを、ましてやその残虐性など知るはずはなく、達治は無理やり平静を装う。そして。

「……なんの話だ」

そう言った瞬間、電話の奥で、心から落胆したような溜《た》め息が響いた。

「狡《ずる》い人ですね。……わかっているくせに」

「だから、なんの話だと聞いている」

「もう、結構です。あの男はどういうわけかあなたにだけ手を出さないから、頼らせてもらえるんじゃないかと思ったけれど、……ただの気の迷いでした。やっぱり、自分でなんとかします。……たとえ、自分の手を汚すことになっても」

「手を汚す……？　おい、お前……」

「驚いているようだけれど、私は、あなたの元を去ってからすっかり汚れました。守るべきもののために、人には到底言えないようなことをして生きてきたから。……今回も、そうするだけです」

「待て、……お前はなにに怯《おび》えているんだ。とにかく、一度家へ戻ってこい」

「もう時間がないの」

「いいから、まずは顔を見せろ。話を聞くのはそれからだ。いったい今どこに――」

すでに電話が切れていることに気付いたのは、すべてを言い終える前。

達治は受話器を手にしたまま、しばらく身動きが取れなかった。

やがて少しずつ冷静になるにつれ、電話中には考える余裕すらなかったさつきの言葉が、次々と頭を巡る。

中でももっとも血の気が引いたのは〝あの男はどういうわけかあなたにだけ手を出さない〟という言葉だった。

たちまち頭に浮かんできたのは、忘れもしない、「兄さんを殺したら俺は一人ぼっちだ」という、大昔に仁明が言った台詞《せりふ》。

どうやら、さつきが話していた相手とは本当に仁明らしいと、達治はようやく確信する。

そして、そんな仁明はどういうわけかさつきの存在を知り、執着しているようだと理解した瞬間、額に嫌な汗が滲《にじ》んだ。

なぜなら、仁明がさつきに構う理由として考えられるのは、高橋家の血族が受け継ぐ高い霊能力を欲しているから以外にない。

おそらく、自分の手駒として利用する気なのだろう。

しかし、今さら理解してもすでに遅く、達治は酷《ひど》い後悔に苛《さいな》まれた。長きにわたって仁明の存在を否定し続けたせいで、娘が初めて伸ばしてきた手すら取ってやることができなかったと。

ただ、だからといって、まだ諦《あきら》めるわけにはいかなかった。

達治は翌日から早速様々な調査会社を使い、多額の費用を投じてさつきの行方を調べた。

ただ、薄々予想していた通り、さつきはなにひとつ痕跡《こんせき》を残しておらず、些細《ささい》な情報すらも摑むことはできなかった。

そして、――さつきがもうこの世にいないことを察したのは、さつきが残した息子・正文の存在が判明したときのこと。

というのは、その存在に行き着いた時点で、すでに正文は名字を「高木」と名乗っており、報告書には、婚外子として生まれた正文が実の父親の家族に認知されたという記録があった。

失意の中、ふと思い出したのは、さつきが話していた「守るべきもの」という言葉。

衝動的に、せめて正文だけは自分が守ってやらねばならないという、強い思いが芽生えた。

仁明がさつきを狙っていたのならば、高橋家の末裔《まつえい》にあたる正文も必ず狙われるはずであり、ならば自分のもとで保護してやらねばならないと。

ただ、――達治は、それが自分の定めであると言い聞かせながら、本当はわかっていた。

自分がもっともやるべきことは、他にあると。

心の奥に張り付いていたのは、さつきが口にした「あの人を止められるのは、あなたしかいない」という言葉。

あの日以来、達治はそれを一瞬たりとも忘れたことなどなかった。けれど、それでも、頑《かたく》なに目を逸《そ》らし続けた。

仁明の存在が、達治にとってそれくらい脅威だったからだ。

どんなに情けなくとも向き合う覚悟などできず、達治には、これまで通り逃げ続けることしかできなかった。


その後、結局正文の保護には失敗したものの、仁明が狙うであろう正文の能力の封印だけはなんとか成功した。

ただ、それでも、さつきが自分に残した「あの人を止められるのは、あなたしかいない」という呪いのような言葉から解放されることはなかった。

そして、仁明が吉原グループの後継を殺害したという衝撃の事件が耳に入ったのは、それから十年以上が経ったある日のこと。

事件が明るみに出る直前、もう二度と会うことはないと思っていた正文が、仁明の素性を知る目的で白砂神社を訪ねてきたときは、なんの因果かと自分の運命に恐怖すら覚えた。

やはり、これはいつか断ち切らなければならない呪いなのだと、考えが変わりはじめたのもその頃。

ずいぶん遅くなったけれど、残りの人生を懸けてさっきの願いを叶《かな》えなければならない。そう考えた瞬間、自分の中で、これまでになくすんなりと覚悟が決まった気がした。

もはや、逃げることにも疲れてしまった——、と。正文の電話番号を記したメモを手に、達治はぼんやりとそんなことを考えていた。

＊

「——お前は、母親が憎いか」

大昔の写真を見つめながら唐突な質問をした達治に、正文はわずかな沈黙の後、面倒そうにため息をついた。

「……なんですか、急に。別に、憎んでなんていませんよ。僕にとっては他人と同じ感覚です」

「……他人か」

「ええ。祖母に僕を預けて好き放題生きていたことはだいたい察していますが、とくになにも感じません。まあ、僕の人生に大きな影響を及ぼしたことは事実ですが。そもそも僕は両親の不貞で生まれた子供ですし」

淡々と語られる正文の言葉を聞きながら、達治はふと、さつきからの電話の内容を思い返す。

あの日、さつきは具体的なことをほとんど語らなかったけれど、ただ、「守るべきもののために、人には到底言えないようなことをして生きてきた」と言った。

守るべきものが正文であることは疑うまでもないが、おそらく、それを伝えたところで正文は信じないだろうと達治は思う。――けれど。

「……お前を守ろうとしていたと言ったら、信じるか？」

衝動に駆られるかのように、達治はそう口にしていた。

「は？」

「すまないが、事実はわからない。なにせさつきと話したのは、電話での一回きりだ。……ただ、今言ったのは正真正銘さつきの言葉だ。どんなに手を汚してもお前を守りたいと話していた」

「……なんですか、それ」

「私には、それ以上のことは答えようがない。もう知りようもないし、別にさつきの心に寄り添ってくれと望んでいるつもりもない。……ただ」

「……ただ？」

「せめて、憎んでやってほしい。なにも感じないなど、あまりにも――」

最後まで言えなかったのは、結局押し付けてしまっていることに気付いたからだ。

流れる沈黙の中、きっと正文は、あくまで淡々と、自分には関係がないと一蹴《いっしゅう》するのだろうと達治は想像する。――けれど。

「僕も、できるならそうしたかったです」

思いもしなかった寂しげなひと言に、胸が締め付けられた。

同時に、――仁明を放っておいたことで壊れたものは、自分が思っていた何倍も多く、そして深刻だったのだと、改めて痛感した。

「……余計な話をしてすまない。ともかく、臍《へそ》の緒は捜しておくから、またなにか情報を得たら報告してくれ」

「ええ。……もとよりこの件だけは、あなたに協力するつもりです。……仲間を犠牲にしたくありませんから」

「ああ、わかっている。……では、頼む」

電話を切った後、達治はその場に座り込み、ふたたび写真を見つめる。

そして。

「ずいぶん遅くなったが、……今度こそ、お前を止めなければならない」

決意の滲むひとり言が、静かな納戸にぽつりと響いた。

本書は書き下ろしです。
この作品はフィクションです。実在の人物、団体等とは一切関係ありません。

丸《まる》の内《うち》で就職《しゆうしよく》したら、幽霊物件担当《ゆうれいぶつけんたんとう》でした。14

竹村優希《たけむらゆき》

令和5年 7月25日　初版発行

発行者●山下直久

発行●株式会社KADOKAWA
〒102-8177　東京都千代田区富士見2-13-3
電話　0570-002-301(ナビダイヤル)

角川文庫 23737

印刷所●株式会社暁印刷
製本所●本間製本株式会社

表紙画●和田三造

ISBN 978-4-04-113800-7　C0193

◇◇◇